식물이 전하는 철학들

식물이 전하는 철학들

은퇴한 식물학자가 정원에서 발견한
32가지 인생의 지혜

식물이 전하는 철학들

송정섭 지음

소울

정처 없이 앞만 보고 달려온 시간의 끝에서,

앞으로의 생을 향한 불안, 혼란, 두려움 그리고 흔들림.

비로소 내 안에 드는 질문.

“이제는 어떻게 살아야 하는가?”

식물은 그 답을 알고 있다.

한 자리에 뿌리를 내리고 살아가는 식물은
멀리 가지 않아도, 그 자리에서
계절을 받아들이며 살아간다.

하나의 계절이 지나고,
또 다른 계절이 시작된 것뿐이다.

4억 년 넘게 지구에 살아온 식물은 말한다.

앞으로의 인생은
멀리 가는 것이 아니라 깊어지고.
더하는 삶이 아니라 덜어내야 한다고.

식물에게서 삶을 배운다.
식물에게서 지혜를 배운다.

이제 더 깊은 삶을 위하여
자연의 이치, 인생의 지혜를 배울 시간이다.

식물은 인생의 해답을
알고 있다

평생을 연구소와 실험포장에서 식물을 연구하며 살았습니다. 현미경 너머로 세포의 분열을 관찰하고, 데이터와 논문으로 생명의 신비를 증명하는 일이 제 전부였습니다. 그렇게 과학적으로 식물의 삶을 이해하려 했습니다.

그러나 시간이 흐르고 연구자의 자리에서 한 걸음 물러나니 전혀 다른 의문이 들었습니다.

'왜 사람은 식물처럼 살아가지 못하는가?'

이러한 질문은 연구실을 나와 전북 정읍 내장산 자락의 작은 땅에 '꽃담원'을 일구며 시작되었습니다. 이때부터 비로소 식물의 언어를 머리가 아닌 가슴으로 듣기 시작했습니다. 그러면서 또 다른 질문이 생겼습니다.

'이제는 어떻게 살아야 하는가?'

당시 제 인생에는 '은퇴'라는 가을 서리가 내렸고, 저는 한동안 길을 잃고 서성였습니다. 사회적 직함이 사라진 자리에 남은 것은 '쓸모없음'이라는 두려움뿐이었으니까요.

하지만 정원의 식물들은 단 한 번도 자신의 계절을 부정하거나 은퇴를 슬퍼하지 않았습니다. 낙엽은 죽음이 아니라 '생존을 위한 재도약'이었고, 꽃이 지는 것은 '열매를 향한 위대한 전진'이었습니다.

그 모습을 바라보며 저는 "모든 것은 자신의 존재를 지속하려는 힘을 지닌다"라는 바뤼흐 스피노자Baruch Spinoza의 말을 떠올렸습니다. 식물의 삶은 그 말의 가장 조용한 증거처럼 보였습니다. 드러내지 않지만 멈추지 않고, 결코 포기하지 않았습니다.

프리드리히 니체Friedrich Nietzsche가 "자신의 운명이 되어라"라고 말한 것처럼 식물은 주어진 조건을 탓하지도 않고, 그저 자신에게 허락된 자리에서 자신의 방식으로 살았습니다. 정원에서 함께한 식물들은 저에게는 스피노자, 니체, 비트겐슈타인, 노자였습니다.

과거에는 30년 동안 식물의 생장을 과학적으로 설명하는 식물학자였습니다. 그러나 이제는 사람들에게 식물을 인문학적으로 설명하는 정원사로 삽니다.

정원과 식물을 돌보고 싶은 사람들에게 강연할 때 묻는 말이 있습니다.

"당신은 가정이 있나요?"

제가 말하는 가정은 배우자와 아이들을 뜻하는 말이 아닙니다. '식물이 있는 집'을 말합니다. 가정(家庭)은 한자로 집 가(家)와 뜰 정(庭) 자를 씁니다. 그러니 집에 어디든 식물을 기른다면 그곳이 뜰이고 정원이니, 곧 가정이 있는 사람입니다.

도시에 생활하는 사람들은 주로 베란다에서 식물을 기

　　　　　　　　　　　식물이 전하는 철학들

릅니다. 거실, 방, 베란다 또는 정원이 있는 그 누구라도 식물과 함께하면 식물의 목소리를 들을 수 있습니다.

우리가 그들로부터 배울 것은 단순합니다. 생명 번식의 원리는 인간이나 식물이나 다르지 않다는 사실입니다. 식물은 우리의 삶과 유사합니다. 식물이 뿌리를 내어 내면을 다지는 법부터 씨앗이 지혜를 압축하는 법까지 그 안에 수많은 깨달음이 있습니다. 이 책에서 식물이 보여주는 삶의 지혜를 살펴보십시오.

인생의 혼란한 시기를 겪는 누구라도 철학의 정원으로 오십시오. 만약 퇴직, 은퇴라는 낯선 계절에 진입한 사람이라면 이 책을 읽으며 '상실'이 아닌 '성숙'의 비밀을 발견할 수 있을 것입니다. 삶의 한가운데서 자신도 모르게 방황하며 흔들리는 사람이라면, 세상과 단단하게 '조화'를 이루며 사는 법을 식물이 알려줄 것입니다.

자, 이제 저와 함께 정원의 흙길을 걸어보시겠습니까?

내장산 자락 꽃담원에서 송정섭

4장. 식물의 성숙

1장

식물의 성찰

스피노자처럼 인생의 싹을
티우는 법

○ ● ○

“서두르지 마라,
때가 되면 흙이 너를 부를 것이다.”

꽃담원의 아침은 깊은 정적 속에서 시작된다. 안개가 채 가시지 않은 정원 한구석에 앉아 파종을 준비할 때, 손바닥 위에 놓인 씨앗들은 마치 작은 돌멩이처럼 딱딱하고 무심하다. 이 작은 알갱이 하나하나가 장차 거대한 나무가 되고 화려한 꽃을 피울 생명의 설계도라는 것을 알면서도, 그들의 완강한 적막을 마주할 때마다 나는 묘한 경외심과 함께 의구심을 느낀다. 이 먼지보다 조금 큰 존재들은 지금 이 순간 무엇을 꿈꾸고 있을까. 파종을 위해 흙을 고르는 나의 손길은 분주하지만, 정작 생명의 주인공인 씨앗은 아무런 기척이 없다.

나는 식물 연구자 시절, 우리 땅에서 자라는 자생식물의 씨앗을 수확해서 싹을 틔우는 종자 발아 실험을 수없이 반복했다. 당시에는 단단한 껍질을 뚫고 나오는 씨앗의 행위를 생존을 향한 치열한 본능이자, 죽음을 이겨내려는 위대한 의지라고 굳게 믿었다. 현미경 아래서 관찰되는 발아의 순간은 마치 한 편의 전쟁 드라마처럼 역동적이었다. 하지만 수백 번, 수천 번의 파종 실험을 거듭하며 데이터가 쌓일수록 마주한 진실은 달랐다. 씨앗은 결코 싹을 틔우겠노라고 스스로 결심하거나, 자신의 힘만으로 세상 밖으로 밀고 나오지 않았다.

식물학적으로 씨앗의 발아는 내부의 주관적인 의지가 아니라 외부 환경이 건네는 정중한 '허락'에 가깝다. 종자 내부에는 발아를 억제하는 호르몬인 앱시스산ABA이 성장을 가로막고 있다. 이 빗장을 풀기 위해서는 적절한 수분과 온도 그리고 산소라는 세 가지 조건이 삼위일체를 이루어 씨앗의 심장을 두드려야만 한다. 외부의 습기가 껍질을 적시고 적정한 온도가 세포를 깨울 때, 비로소 생명의 기제 호르몬이 활성화되며 잠들었던 배Embryo가 기지개를 켠다. 조건이 갖춰지지 않은 상태에서 씨앗이 스스로 온힘

　　　　　　　　　　　식물이 전하는 철학들

을 모아 싹을 틔우는 일은 자연계에 존재하지 않는다. 발아는 씨앗의 독단적인 행위가 아니라 환경과 씨앗이 주고받는 정교한 화학적 응답이다.

이 지점에서 나는 철학자 바뤼흐 스피노자가 말한 '코나투스Conatus'를 떠올린다. 스피노자는 모든 사물이 자기 존재를 유지하려는 관성을 지닌다고 말했지만, 그 관성은 결코 고립된 의지만으로 작동하지 않는다.

씨앗의 코나투스는 토양과 태양이라는 타자(他者)와의 마주침 속에서만 비로소 기쁨의 상태, 즉 발아로 나아간다. 씨앗이 싹을 틔우는 일은 자신의 우월함을 증명하기 위해서가 아니라 자신을 둘러싼 세계의 간절한 부름에 응답하는 과정인 것이다. 만약 씨앗이 환경의 허락 없이 홀로 싹을 틔우려 고집을 부렸다면, 그것은 생존이 아니라 자살 행위일지도 모른다.

우리는 너무나 오랫동안 '하면 된다'라는 의지 지상주의에 매몰되어 살아왔다. 특히 인생 2막을 준비하거나 은퇴를 앞둔 이들에게 사회는 끊임없이 새로운 '열정'과 '도전'

을 강요한다. 내면에 불꽃만 있다면 사막 한가운데서도 꽃을 피울 수 있다며 무책임한 용기를 불어넣는다.

하지만 정원을 가꾸며 배운 진리는 다르다. 열정은 생명을 순환시키는 에너지일 뿐 씨앗을 품어줄 토양이 아니다. 만약 당신의 삶에서 씨앗이 아직 발아하지 않았다면, 그것은 당신의 의지가 부족하거나 게을러서가 아니다. 아직 당신의 계절이 오지 않았기 때문이다. 아니면 당신이 싹을 틔우기에 부적절한 땅에서 스스로를 채찍질하고 있는 것일지도 모른다.

씨앗들은 결코 서두르지 않는다. 그들은 토양이 차가우면 깊이 잠들고, 비가 내리지 않으면 묵묵히 기다린다. 발아는 내가 억지로 결정하는 것이 아니라 세계와 내가 정답게 마주할 때 비로소 당하는 경이로운 사건이기 때문이다. 파종의 순간, 나는 내 손바닥 위의 씨앗들에게 속삭인다.

"서두르지 마라, 때가 되면 흙이 너를 부를 것이다."

　　　　　　　　　　　식물이 전하는 철학들

지금 당신을 괴롭히고 있는
그 '새로운 시작'에 대한 강박은
누구의 목소리입니까?

당신은 혹시 얼어붙은 땅에서
싹을 틔우지 못하는 자신을 무능하다고 탓하며,
아직 오지 않은 봄을 원망하고 있지는 않나요?

하이데거처럼 때를
기다리는 법

○ ● ○

"씨앗에게 휴면은 결코
정지된 죽음의 시간이 아니다."

겨울에 꽃담원을 걷다 보면 발밑에서 마른 잎들이 바스락거린다. 마치 대지 깊은 곳에 잠든 생명의 숨소리가 들리는 듯하다. 사람들은 이 황량하고 무채색인 풍경을 보며 죽음 또는 쓸쓸한 공백을 떠올리곤 하지만, 겨울은 정원이 생애 가장 역동적인 채비를 할 수 있게 돕는 경이로운 시간이다.

겉으로 보기엔 아무런 미동도 없는 차가운 흙 속에서, 씨앗들은 생애 가장 혹독하고도 정교한 시험을 치른다. 화려한 꽃을 피우기 위한 기술이 아니라 바로, '기다림'이라는 이름의 고독한 시험이다. 눈 덮인 정원은 고요해 보일지라도, 그 아래에서는 수만, 수억이 넘는 생명이 자신을 깨워줄 단 하나의 신호를 기다리며 온몸을 응축하고 있다. 식물학에서는 이 신비로운 정지 상태를 '휴면Dormancy'이라 부른다.

연구자 시절, 나는 종자들을 연구하며 흥미로운 사실 하나를 발견했다. 어떤 씨앗들은 반드시 영하의 추위를 일정 기간 겪어야만 싹을 틔울 수 있다는 사실이다. 이를 '저온 요구성'이라 하는데, 얼어붙은 대지에서 보내는 고통스런 시간이 역설적으로 생명의 스위치를 켜는 결정적인 에너지원이 된다.

따뜻한 온실 속에서만 보호받은 씨앗은 정작 봄이 와도 깨어나지 못한 채 흙 속에서 허망하게 썩어버리고 만다. 씨앗에게 추위는 생존을 위협하는 적이 아니다. 도리어 내부의 억제 물질을 씻어내고 성장을 촉진하는 식물 호르몬인 지베렐린Gibberellin을 깨우는 가장 강력한 촉매제이다. 지베렐린은 식물의 줄기 성장을 촉진시키며, 씨앗 발아를 촉진한다. 포도와 같은 과일을 크게 자라게 하는 역할을 하기도 한다. 앞서 말했던 앱시스산과 함께 옥신, 사이토키닌, 에틸렌까지 식물의 주요 호르몬 5가지에 포함된다.

철학자 마르틴 하이데거Martin Heidegger는 존재자가 진

  식물이 전하는 철학들

정으로 존재하기 위해서는 '시간의 지평' 속에 머물러야 한다고 했다. 이러한 기다림이란 단순히 무의미하게 시간을 보내는 행위가 아니다. 존재가 자신의 본질을 온전히 드러내기 위해 반드시 통과해야 하는 '열린 공간'이다.

씨앗에게 휴면도 마찬가지로 열린 공간이다. 결코 정지된 죽음의 시간이 아니다. 휴면의 시기에는 빛의 미세한 파동을 감지하는 피토크롬Phytochrome 단백질이 외부의 광주기와 온도를 집요하게 수집한다. 휴면은 식물의 가장 완벽한 현존Dasein의 순간을 계산해내는 사유의 시간이다. 씨앗은 잠들지 않는다. 그저 세상과 마주할 가장 적절한 찰나를 기다리며 자신을 정렬할 뿐이다.

우리 삶에서도 이와 같은 '휴면기'가 찾아온다. 평생을 몸담았던 직장을 떠나거나, 예기치 않게 건강을 잃거나, 굳게 믿었던 관계가 허무하게 무너지기도 한다. 그러면 우리는 삶의 시계가 완전히 정지되었다고 느낀다. 특히 인생을 숨 가쁘게 달려왔다면, 이러한 정지 상태는 커다란 공포로 다가와 우리를 암울함의 늪으로 밀어넣기도 한다. '휴면' 해야 할 시기를 받아들이지 못하는 것이다.

하지만 씨앗들은 피하지 않는다. 오히려 그 시기를 온몸으로 받아내며 자신의 내부를 더 단단하게 재구성한다. 그들에게 겨울은 재난이 아니라 봄이라는 거대한 사건을 맞이하기 위한 '재시작'이기 때문이다.

진정한 깨어남은 내가 억지로 눈을 뜨겠다고 선언하는 순간에 일어나지 않는다. 나를 깨워줄 빛의 온도에 나의 주파수를 겸허히 맞출 때 비로소 일어나는 기적이다. 가능성이란 내 안에 이미 완제품으로 존재하는 무엇이 아니다. 외부가 건네는 신호와 내면의 치밀한 준비가 마찰을 일으키는 그 접점에서 발생하는 찬란한 불꽃이다.

만약 지금 당신의 삶이 차가운 겨울 한복판에 서 있다고 느껴진다면, 당신이 무너진 탓이 아니다. 더 깊은 뿌리와 더 단단한 싹을 틔우기 위해, 휴면이 필요한 것이다. 그리고 당신의 영혼은 지금 가장 고귀한 '저온 처리' 과정을 지나는 중이다.

　　　　　　　　　　　　식물이 전하는 철학들

당신을 깨우는 것은 처절한 비명입니까,
당신의 창을 비추는 햇살의 다정한 온기입니까?

당신은 지금 이 휴면의 시간을 실패라고 생각하나요,
아니면 도약을 위해 스스로를
가다듬는 고요한 전략이라고 믿습니까?

니체처럼
루틴을 사랑하는 법

○ ● ○

"식물에게 루틴은 감옥이 아니라
가장 자유로운 개화를 준비하는
기초 체력인 셈이다."

식물들은 언뜻 자유로워 보이지만, 사실 지독할 정도로 엄격한 규율가들이다. 매일 아침 동쪽에서 해가 떠오르면 약속이라도 한 듯 일제히 잎을 그 방향으로 누이고, 서쪽으로 해가 지면 고요히 잎을 포개며 단잠을 청한다.

비가 오나 바람이 부나 한 치의 오차도 없이 반복되는 이 규칙적인 움직임을 지켜보며 나는 가끔 짓궂은 질문을 던지곤 한다.

"너희는 이 지루한 일상이 지겹지도 않니? 어제와 똑같은 오늘을 살아내는 일이 창살 없는 감옥처럼 느껴지지는 않니?"

하지만 돌아오는 대답은 정원을 가득 채운 고요함뿐

이다.

여름을 상징하는 배롱나무를 가만히 들여다보면 그 반복의 숭고함이 더욱 선명해진다. 배롱나무의 줄기들은 매년 허물을 벗듯 수피(나무껍질)가 뒤틀리며 떨어져 나간다. 나무가 자라면서 줄기와 가지가 조금씩 굵어지는 '부피 생장'을 하는데, 단단한 껍질이 이 팽창하는 생명력을 견디지 못해 갈라지고 뒤틀리며 스스로 몸을 낮춘다. 남들에겐 그저 매끈하고 아름다운 흰무늬로만 보이겠지만, 정원사의 눈에는 매년 한 번도 거르지 않고 반복한 뒤틀림의 루틴이 보인다. 배롱나무는 지루하고도 치열하게 반복한 덕분에 비로소 자신만의 고유한 결을 유지하며 아름다운 나무로 거듭난다.

사람에게 생체리듬Biorhythm이 있듯이, 식물에게도 일주기 리듬Circadian Rhythm이 있다. 일주기 리듬은 24시간 주기로 나타나는 생체 시계이다. 어떤 연구자가 밝힌 흥미로운 실험 중 하나는, 빛이 전혀 들지 않는 완전히 폐쇄된 암흑 창고에 식물을 가두는 것이었다. 놀랍게도 식물은 외

   식물이 전하는 철학들

부의 빛이 전혀 없음에도 제시간이 되면 정확히 잎을 벌리고 닫으며 반응했다. 이것은 단순히 몸에 밴 습관이 아닌 생존을 위해 수억 년간 각인된 치열한 생존의 리듬이다.

에너지를 언제 비축하고 언제 폭발적으로 쏟아낼지 결정하는 질서가 무너지는 순간, 식물은 성장하는 법을 잊고 급격히 시들어버리고 만다.

철학자 프리드리히 니체는 '영원회귀'라는 가혹하면서도 장엄한 개념을 우리 앞에 던졌다. 만약 당신의 삶이 영원히 똑같이 반복된다 할지라도, 당신은 그 삶을 기꺼이 사랑하고 긍정할 수 있냐는 뼈아픈 질문이다.

인간은 반복을 성장의 정체나 창의성을 가로막는 굴레로 여기는 반면, 식물은 반복을 존재를 지탱하는 가장 튼튼한 뼈대로 여긴다. 어제와 같은 오늘을 묵묵히 살아내는 힘, 그 권태로워 보이는 질서를 정직하게 통과한 식물만이 비로소 자신만의 고유한 꽃을 피워낼 자격을 얻는다. 식물에게 루틴은 감옥이 아니라 가장 자유로운 개화를 준비하는 기초 체력인 셈이다.

우리는 늘 새로운 자극과 파격적인 변화를 갈구하며, 매일 반복되는 평범한 일상을 하찮게 여기거나 지루해하곤 한다. 하지만 일상의 리듬을 잃어버린 영혼은 작은 시련에도 유리처럼 쉽게 부서지기 마련이다.

특히 은퇴자들이 마주하는 극심한 공허함이 대표적이다. 자신을 지탱하던 '사회적 시계'가 갑자기 멈췄을 때 극심한 상실감을 경험한다. 하지만 식물처럼 자기 안에 자율적인 생체 시계를 가진 사람이라면, 정해진 출근 시간과 업무라는 타율적인 질서가 사라졌을 때 쓰러지지 않는다. 또는 어떤 환경에서도 흔들릴지언정 결코 무너지지 않는다. 스스로 정한 작은 반복들이 모여 거대한 삶의 밀도를 만들어내기 때문이다.

식물의 아침은 화려한 기적이 아니라 어제와 다름없이 잎을 펼치는 성실한 반복으로 시작된다. 그 지루한 싸움에서 승리한 나무만이 폭풍우 속에서도 중심을 잡고 우뚝 선다.

당신의 삶을 지탱하는 진정한 힘은 파격적인 순간이 아

식물이 전하는 철학들

니라 당신이 매일 정성스럽게 반복하는 그 사소한 동작들

속에 숨어 있다.

당신의 하루를 지탱하는 힘은 당신 내면에서 솟아나나요,
아니면 여전히 누군가가 지시해야만 움직이나요?

당신은 지금 반복되는 일상을 겨우 견뎌내고 있나요,
아니면 그 정교한 질서 속에서
당신이라는 존재를 더 아름답게 빚어가고 있나요?

04

헤세처럼
느리게 사는 법

○ ● ○

"정원에서는 서두르는 것은
아무런 쓸모가 없다."

정원을 가꾸다 보면 가끔 욕심이 과한 이웃 정원사들을 만난다. 남들보다 조금이라도 빨리 꽃을 보고 싶은 마음에 온실의 온도를 무리하게 높인다. 더해서 강력한 촉성 재배를 위한 영양제를 투여하곤 한다. 그렇게 인위적인 힘을 빌려 억지로 피워낸 꽃은 첫눈엔 화려해 보일지 모르나, 가만히 들여다보면 기운이 없고 향기 또한 깊지 않다.

제 계절을 제 속도로 정직하게 통과하지 못한 식물에게는 말로 형용할 수 없는 서글픈 기색이 묻어난다. 제때를 기다리지 못한 아름다움은 금세 시들뿐만 아니라 식물 전체의 생애 주기를 뒤흔드는 치명적인 결과를 초래한다.

식물은 '광주기성 Photoperiodism'이라는 우주의 원칙에 철저히 순응하며 살아간다. 잎 속에 숨겨진 광수용체들이 밤의 길이가 특정 시간 이상 길어지거나 짧아지는 찰나를 정밀하게 측정하고, 그 데이터가 임계치에 도달해야만 비로소 꽃눈을 형성한다. 아무리 비료를 쏟아붓고 인위적으로 온도를 맞춘들, 지구가 자전하며 만들어내는 빛과 어둠의 시간에 비할 바 못된다. 충분히 채워지지 않으면 꽃은 결코 온전한 모습으로 피어나지 않는다.

인간의 이기심은 이러한 식물의 광주기성을 역이용하기도 한다. 대표적인 사례가 들깨 재배농가에서 행하는 '전조재배'다.

본래 들깨는 밤의 길이가 길어야 꽃을 피우는 '단일성 식물'이다. 하지만 꽃보다 잎(깻잎) 생산이 중요한 농가에서는 밤새 전등을 켜두어 낮의 길이를 강제로 연장한다. 들깨는 빛에 속아 지금은 꽃을 피울 때가 아니라고 착각하며, 꽃눈을 만들 힘으로 오로지 잎을 키운다. 이를 '영양생장'이라고 한다. 이렇게 영양생장만 하면 들깨는 인간의 식탁을 풍성하게 하기 위해 끝없는 노동의 굴레 속에서 잎사귀만 토해낸다. 제 생의 목적인 꽃과 씨앗을 맺을 기회를 박탈당한 채 말이다. 이것이 우주의 법칙을 거스르고

  식물이 전하는 철학들

만들어진 전조재배다.

정원을 지극히 사랑했던 작가 헤르만 헤세 Hermann Hesse 는 그의 산문에서 "정원에서는 서두르는 것은 아무런 쓸모가 없다"라고 거듭 강조했다. 그에게 정원은 미친 듯이 질주하는 세상의 속도에 저항할 수 있는 유일한 영혼의 피난처였다.

헤세는 나무가 자라고 꽃이 피는 그 느린 시간을 묵묵히 지켜보며, 서두름이야말로 인간이 자연으로부터 물려받은 가장 순수한 본성을 훼손하는 오만한 행위라고 생각했다. 그는 비바람을 견디며 제때를 기다리는 나무들의 지독한 인내를 가리켜 '거룩한 기다림'이라 불렀다.

우리는 무엇이든 빨리 얻어내고 앞당기는 능력을 최고라고 여기는 기묘한 시대를 살고 있다. 조기 교육으로 아이들을 몰아세우고, 조기 승진에 목을 매며, 심지어 준비되지 않은 조기 은퇴에 떠밀리기도 한다. 모든 것을 앞당기려 애쓰며 남들보다 앞서나가려 하지만 정작 그 가파른 질주 속에서 나라는 존재는 증발해버리고 만다.

서둘러 핀 꽃이 씨앗을 맺기도 전에 금세 지듯, 속도에 매몰된 삶은 오직 '결과'라는 전리품에만 집착할 뿐이다. 그 과정에서 우리는 풍요로운 사유와 내면의 성숙을 놓치고 만다. 어쩌면 우리는 오직 생산만을 위해 꽃피울 시간을 저당 잡힌 채 살고 있는지도 모른다.

나는 묻고 싶다.

"혹시 당신은 들깨처럼 살고 있지는 않나요?"

꽃들은 제 시간이 오기 전까지는 결코 서두르지 않는다. 그들은 태양이 허락한 시간과 대지가 품어준 온기를 온전히 몸에 새긴 뒤에야 비로소 가장 나다운 빛깔을 세상에 내놓는다.

인생을 풍요롭게 살려는 사람들에게 필요한 것은 역시 남보다 빠른 속도가 아니다. 나만의 계절을 온전히 누리는 기다림의 미학이다.

 식물이 전하는 철학들

당신은 지금 무엇을 향해

그토록 숨 가쁘게 서두르고 있습니까?

당신이 수단과 방법을 가리지 않고

앞당기려 애쓰는 그 결과물이,

정작 당신의 영혼을 텅 비게 만들지는 않나요?

05

헵번처럼
내일을 믿는 법

○ ● ○

"정원을 가꾸는 일은
내일을 믿는다는 뜻이다."

어린 나무 한 그루가 비바람을 견디며 당당한 거목으로 자라기까지는, 정원사의 세심한 손길보다 '열량의 축적'이라는 거대한 힘을 더 많이 필요로 한다. 어제보다 오늘 조금 더 굵어진 나무줄기를 눈으로 확인하기란 사실상 불가능에 가깝다.

성장이란 눈앞에서 벌어지는 화려한 사건이 아니라 보이지 않는 곳에서 켜켜이 쌓여가는 지층의 역사와 같기 때문이다. 우리는 흔히 기적 같은 도약을 꿈꾸지만, 자연의 법칙 아래서 생명은 단 한순간도 단계를 건너뛰는 법이 없다.

식물학에서는 이를 '적산 온도Accumulated Temperature'라는 냉철한 개념으로 설명하곤 한다. 식물이 성장하는 데 필요한 '온도의 총합'이 바로, 적산 온도다.

식물이 싹을 틔우고 꽃을 피우며 최종적으로 결실을 맺기 위해서는 발육에 필요한 일정한 열량의 총합이 반드시 채워져야만 한다. 어느 하루, 기록적인 폭염이 쏟아진다고 해서 식물이 갑자기 열매를 맺지는 않는다. 식물은 다소 미약한 온도의 햇살일지라도 매일매일 꾸준히 몸속에 쌓여 그 총량이 생물학적 기준치에 도달해야만 비로소 다음 생애 주기로 넘어갈 자격을 얻는다. 생명의 세계에 비약이란 없다. 오직 정직한 축적만이 존재할 뿐이다.

이러한 성장의 법칙은 지리적 환경에 따라 더욱 선명하게 드러난다. 우리나라는 북쪽으로 갈수록 여름이 짧고 겨울이 길어 식물이 활동할 수 있는 시간이 제한적인 반면, 남쪽은 무상일수(일 년 중 서리가 내리지 않는 날의 수)가 길어 식생이 훨씬 다양하고 풍성하다.

남부 지방의 식물들이 상록의 잎을 넓게 펼치며 월동할 수 있는 이유는, 그들이 몸속에 저장할 적산 온도의 총량이 북쪽보다 월등히 많기 때문이다. 그래서 나는 중북부 지역의 시민 정원사들에게 강의할 때, 일 년 내내 다양한 식물들이 춤추는 정원을 가꾸고 싶다면 차라리 남쪽으로

     식물이 전하는 철학들

터전을 옮기라고 농담 섞인 조언을 건네곤 한다.

세기의 아이콘이자 노년에 가장 큰 기쁨을 정원 가꾸기에서 찾았던 배우 오드리 헵번 Audrey Hepburn은 이런 아름다운 말을 남겼다.

"정원을 가꾸는 일은 내일을 믿는다는 뜻이다."

화려한 은막의 스포트라이트를 뒤로하고 스위스 시골 정원에서 흙을 만지며 여생을 보낸 그녀에게, 꽃을 심는 행위는 당장의 화려함을 탐하는 욕심이 아니었다. 매일의 돌봄과 시간을 켜켜이 쌓아 만든 숭고한 의식이었다. 그것은 미래의 기적을 온전히 신뢰하는 헵번의 삶이었다. 그녀는 단 한 번의 박수갈채가 아니라 아무도 보지 않는 곳에서 매일 물을 주고 잡초를 뽑는 그 지루한 축적의 시간 속에 인생의 해답이 있음을 온몸으로 증명해냈다.

우리는 늘 단번에 인생을 역전시키거나 아주 짧은 노력만으로 커다란 성취를 얻길 원하며 조급해한다. 하지만 모

든 고귀한 생명은 양적 축적이 질적 변화를 일으키는 임계
점을 통과해야만 비로소 완성된다.

어느 정도 나이가 든 삶이 젊은 날의 패기보다 아름다
운 이유는, 그들이 모진 풍파 속에서도 포기하지 않고 걸
어온 고난과 인내의 시간이 몸속에 '적산 온도'로 이미 쌓
여 있기 때문이다. 세상에 갑자기 하늘에서 떨어진 지혜는
없다. 오직 견뎌낸 시간의 총합만이 우리를 진정한 어른으
로 만든다.

지금 당장 눈에 보이는 성과가 없다고 해서 실망할 필
요는 없다. 당신이 정직하게 살아낸 오늘 하루의 햇살은
결코 사라지지 않고 당신의 나이테 속에 차곡차곡 쌓인다.
그 온도가 기준치에 도달하는 순간, 당신의 인생은 그 누
구의 정원보다 눈부신 꽃을 피워낼 것이다.

당신은 지금 당장의 눈에 보이는 성과가 없다고
스스로를 실패자라 부르며 멈춰 세우지는 않나요?

당신의 나이테 속에 깊게 새겨진
축적된 온기를 신뢰하고 있습니까?

06

비트겐슈타인처럼 겸허하게
인정하는 법

○ ● ○

"말할 수 없는 것에 관해서는
침묵해야 한다."

꽃담원을 찾는 사람들은 대개 식물 앞에 서자마자 이름부터 묻곤 한다.

"이 꽃 이름이 뭐예요?"

운 좋게 이름표를 확인하거나 내 대답을 듣고 이름을 알고 나면, 그들은 만족스러운 표정으로 고개를 끄덕이며 곧장 다음 꽃으로 발걸음을 옮긴다.

하지만 이름을 알아냈다고 해서 그 꽃의 전부를 알았다고 볼 수는 없다. 특히나 꽃의 생명력을 알기란 쉽지 않다. 아이러니하게도 이름표가 붙는 순간, 식물은 그 개체만의 고유성을 잃고 '장미'나 '백합'이라는 박제된 추상적 관념 속에 갇혀버리고 만다. 이름은 존재를 불러내는 마중물이

기도 하지만, 때로는 존재의 본질을 가두는 창살이 되기도
한다.

식물은 인간과 같은 음성 언어를 쓰지 않지만, 사실 인
간의 언어보다 훨씬 정교하고 정직한 방식으로 자신을 드
러내며 세상과 교류한다. 잎새의 미세한 떨림, 시간에 따
라 달라지는 향기의 강약, 뿌리 끝에서 은밀하게 내뿜는
화학 물질, 외부의 물리적 자극에 반응하여 발현되는 다
양한 생리적 기제들을 통해 그들은 온몸으로 세상과 소통
한다.

인간의 언어가 대상을 날카롭게 분류하고 정의하는 '칼'
과 같다면, 식물의 소통 방식은 대상을 온몸으로 받아들이
고 부드럽게 스며드는 '물'과 닿아 있다. 시끄러운 언어가
없기에, 그들은 오히려 왜곡 없이 더 온전하게 존재하는지
도 모른다.

나는 교육생들에게 식물생리학을 강의할 때마다 식물
들 또한 자기들만의 독특한 언어로 끊임없이 대화한다고

    식물이 전하는 철학들

강조하곤 한다. '화학 언어'라 불리는 향기로 소통할 때, 식물들이 화학물질을 이용해 소통하는 방식은 놀라울 정도로 전략적이다.

예를 들어, 숲의 한 나무가 해충의 공격을 받으면 공기 중으로 특정한 휘발성 물질을 내뿜어 옆의 나무들에게 위험 신호를 보낸다. 신호를 받은 주변 나무들은 즉시 잎에 독성 물질을 만들어 내성을 갖추거나, 심지어 그 벌레의 천적이 좋아하는 향기를 발산해 지원군을 불러들여 적을 퇴치하기도 한다. 소리 없는 숲속에서 이토록 치열하고 정교한 정보전이 벌어진다는 사실은 알면 알수록 경이로움을 자아낸다.

철학자 루트비히 비트겐슈타인 Ludwig Wittgenstein은 그의 저서 《논리-철학 논고》 말미에 "말할 수 없는 것에 관해서는 침묵해야 한다"라는 유명한 경고를 남겼다. 그는 인간의 언어가 결코 이 세상의 본질을 완벽하게 묘사하거나 담아낼 수 없음을 겸허히 인정했다.

우리가 꽃의 아름다움을 화려한 수식어로 설명하려 애

쓰면 애쓸수록, 그 아름다움의 본질은 성긴 언어의 그물망 사이로 빠져나간다. 가장 깊은 존재의 진실, 즉 생명의 신비나 삶의 비의(秘意)는 소란스러운 말잔치 속이 아니라 오직 깊은 침묵 속에서만 비로소 그 형체를 드러내기 마련이다.

우리는 일상의 수많은 관계 속에서 끊임없이 오해하고 상처를 주고받는다. 돌이켜보면 그 갈등은 대개 너무 많은 말 또는 타인에게 성급하게 잘못된 이름표를 붙이는 오만함에서 시작된다.

진정으로 상대를 이해하는 사람이라면 그의 직함이나 이름을 반복해서 부르지 않고, 상대가 내뿜는 침묵의 결을 가만히 응시하고 그 주파수에 자신의 마음을 맞춘다. 말로 다 설명할 수 없는 우리 삶의 고유한 무게를 서로 인정할 때, 우리의 영혼은 비로소 타자와 단절되지 않고 깊게 연결된다.

식물들은 오늘도 말 한마디 없이 자신을 온전히 증명하

   식물이 전하는 철학들

고 있다. 그들은 이름을 묻지 않아도 향기로 답하고, 정의 내리지 않아도 존재로 보여준다. 어쩌면 우리에게 필요한 것은 더 많은 설명이 아니라 침묵에 귀를 기울일 수 있는 마음의 여백이 아닐까.

당신은 타인을 진정으로 이해하기 위해

그의 사회적 이름을 묻습니까,

아니면 그가 내뿜는 깊은 침묵의 소리를 듣습니까?

당신이 스스로를 증명하기 위해 내뱉는 수많은 말들이,

정작 당신의 진심을 가로막는

단단한 장벽은 아닌가요?

07

마르셀처럼 존재를
인정하는 법

○ ● ○

"꽃 앞에 서는 일은 문제 풀이를 멈추고
신비 앞에 무릎을 꿇는 일이다."

해질녘, 정원의 낡은 벤치에 가만히 앉아 있으면 미풍에도 가볍게 흔들리는 꽃들이 나에게 나직이 말을 거는 착각에 빠지곤 한다. 따스한 위로나 응원 같은 상냥한 목소리가 아니다. 오히려 내 삶의 치부를 파고드는 서늘하고 날카로운 질문에 가깝다.

"당신은 나에게서 무엇을 보고 있나요?"

꽃은 공기를 울리는 단 한 마디의 소리도 내지 않지만, 그 정교하고 고요한 존재 자체로 내 삶 구석구석을 비추는 투명한 거울이 된다. 나는 그 거울 앞에 설 때마다 숨겨왔던 자신의 초라함과 마주하고 만다.

과학적으로 분석하자면 꽃의 형태와 색채는 수정(受精)을 돕는 고도의 생존 전략이다. 매개체를 유혹하기 위한 꽃의 노력인 셈이다.

식물이 꽃을 피우는 이유는 결코 사람을 즐겁게 하기 위해서가 아니다. 어떻게 해서든 다른 꽃가루를 묻혀줄 곤충의 눈에 들어야 하는, 자기 생존이 걸린 절박함이다.

소리를 낼 수 없는 식물들은 철저히 곤충의 관점에서 벌과 나비가 어떤 꽃을 찾는지 끊임없이 탐구한다. 그 결과 멀리서도 눈에 확 띨 정도로 크거나 화려한 색을 갖추게 되었다. 그리고 가까이 다가왔을 때 발길을 붙잡는 향기를 내뿜게 되었다. 마지막으로 일단 내려앉으면 보상으로 먹을 수 있는 달콤한 꿀을 만들어냈다.

자연의 냉혹한 질서 속에서는 이 생존의 법칙을 체득한 식물들만이 후대를 이으며 삶을 계속 살아가게 된다.

인간의 눈에는 꽃은 '피어 있음' 그 자체가 목적이 되는 존재처럼 보인다. 곤충을 유혹하는 그 치열한 전략조차 더 할 나위 없는 순수한 현존으로 읽힌다. 그러나 철학적 관점으로 생각했을 때, 꽃은 우리의 삶이 얼마나 본질적이지

   식물이 전하는 철학들

않은 부차적인 욕망들로 어지럽혀 있는지, 남들의 시선에 맞추느라 정작 나다운 향기는 얼마나 잃어버리고 살았는지를 알려준다.

식물의 완벽한 비례와 질서는 단순한 생물학적 생존을 넘어선 '형이상학적 현존'이다. 즉 단순히 '있다'라는 사실을 넘어서, 존재의 본질이 담겨 있다.

철학자 가브리엘 마르셀Gabriel Marcel은 세상을 '문제Problem'와 '신비Mystery'로 엄격히 구분했다. 문제는 논리적으로 분석하고 해결하면 그만이지만, 신비는 그 속에 침잠하여 존재로 함께 머물러야 한다. 마르셀에게 '존재'란 정답을 찾아 해결해야 할 문제가 아니라 경탄하고 머물러야 할 거대한 신비였다.

꽃은 우리에게 어떤 처세술이나 정답도 주지 않는다. 대신 "당신은 진정 누구인가?", "당신은 지금 어디를 향해 가고 있는가?"라는 근원적인 질문을 던지며 우리를 인도한다. 꽃 앞에 서는 일은 문제 풀이를 멈추고 신비 앞에 무릎을 꿇는 일이다.

우리는 늘 답을 찾기 위해 분주하게 보낸다. 어떻게 하면 더 많은 부를 쌓을지, 어떻게 하면 더 높은 자리에 올라 성공할지 끝없는 문제 풀이에 평생 힘을 쏟는다.

하지만 꽃 앞에 마주서는 순간, 그 모든 분주한 질문은 일시에 무력해진다. 꽃은 그저 온전하게 존재함으로써 우리에게 근본적인 질문을 던질 뿐이다.

"당신은 당신으로서 충분히 존재하고 있나요?"

진정한 배움은 화려한 답을 찾는 일이 아니라 꽃이 던지는 진중한 질문 앞에 다시 용기를 내는 일이다.

꽃들은 오늘도 침묵으로 웅변하고 있다. 그들의 화려함은 생존을 향한 처절한 투쟁의 산물이자, 동시에 존재의 신비를 드러내는 가장 고귀한 방식이다. 우리는 그 질문을 외면하지 않을 때 비로소 다음 계절로 넘어갈 성숙을 얻게 된다.

당신은 세상을 골치 아픈 문제들의 집합으로 봅니까,

아니면 겸허히 경외해야 할 경이로운 신비로 봅니까?

당신은 오늘 하루,

거울 속의 자신에게 어떤 철학적인 질문을 던졌나요?

08

노자처럼 자연에 몸을 맡기는 법

○ ● ○

"꽃담원의 나무들은 제 속도를 앞당기려
채찍질하지 않는다."

꽃담원은 내장산 안에 있다. 깊은 자연 속이라 밤이 되면 주변이 깜깜해지며 모든 생명체들이 잠을 잔다.

반대로 도심은 인공적인 조명이 밤새 켜 있어 많은 사람들은 잠을 잊은 채 끊임없이 무언가를 생산하고 소비하며 질주한다. 계절의 미세한 변화도, 낮과 밤의 엄격한 구분도 희미해진 도심에서 인간은 자연의 질서를 완전히 벗어난 유일한 종(種)으로 군림하는 듯 보인다. 하지만 스스로 자연의 시계를 앞질렀다고 자부하는 그 오만한 승리의 대가는 생각보다 혹독하다.

생태학적 관점에서 볼 때, 식물은 낮과 밤의 고유한 주기가 깨지는 순간, 치명적인 위기에 봉착한다. 빛과 어둠의 리듬에 맞춰 작동하는 호르몬 체계가 서서히 붕괴되면서 잎이 기형적으로 자라거나, 꽃을 피우지 못한 채 서서히 죽음에 이르게 된다.

인간 또한 이 생태적 원리에서 결코 자유롭지 않다. 수만 년간 태양의 리듬에 최적화되어 설계된 우리의 신체와 정신은, 잠들지 않는 인위적인 빛 속에서 소리 없이 마모되고 있다.

우리가 자연의 시계로부터 멀리 도망칠수록 삶은 더 효율적이고 편리해졌을지는 몰라도, 내면은 이전보다 훨씬 더 불안하고 고독해졌다.

특히 도시생활자들은 생존을 위해 자신의 생활 패턴을 두 갈래로 극단화하며 살아간다. 밤의 정적을 거스르는 '올빼미형(저녁)'과 남들보다 앞서기 위해 잠을 줄이는 '종달새형(새벽)'으로 나뉘어 각자 삶의 전쟁을 치른다.

이미 이러한 인위적인 생활이 몸에 익어 생체 리듬 자체가 변해버리면, 결국 자연의 섭리와 정반대로 역행하며 생명력은 잡아먹히고 만다.

식물이 밤에 숨을 고르고 내실을 다지듯 인간에게도 정지된 어둠의 시간이 절실하다. 그럼에도 우리는 그 시간을

 식물이 전하는 철학들

생산성의 이름으로 저당 잡힌 채 살아가고 있다.

동양의 지혜를 집대성한 노자(老子)는 '무위자연(無爲自然)'의 도를 설파했다. 이는 단순히 아무것도 하지 않고 손을 놓으라는 나태함의 권유가 아니다. 인위적인 욕망의 힘을 보태지 않고, 만물이 스스로 본연의 흐름에 몸을 맡기라는 깊은 통찰이다.

노자는 만물이 제각기 무성하게 자라나면서도 서로 충돌하거나 파멸하지 않는 이유를, '도(道)', 즉 자연의 근원적인 질서 안에 머물기 때문이라고 보았다. 오직 인간만이 그 거대한 질서를 거스르며 억지로 무언가를 성취하려 하기에 고통과 비극이 발생한다. 그의 가르침은 빠른 속도에 지친 오늘날의 우리에게 더욱 뼈아픈 가르침으로 다가온다.

식물의 사계절은 우리가 진정으로 도망쳐 돌아가야 할 곳이 어디인지를 묵묵히 알려준다. 그것은 문명을 등진 과거로의 퇴행적 회귀가 아니라 우리 몸속 깊은 곳에 각인된 자연의 건강한 리듬을 회복하는 숭고한 복원 작업이다.

은퇴를 앞둔 사람들이 흙과 나무를 찾는 자연 친화적인 삶에 관심을 두는 일은, 어쩌면 생존을 위한 본능적 귀환일지도 모른다. 비정한 기계의 속도에 지친 영혼이 식물의 느린 호흡에 가만히 기대어, 비로소 잃어버렸던 숨 고르기를 시작하는 것이다.

나무들은 제 속도를 앞당기려 채찍질하지 않는다. 태양이 뜨면 잎을 내고 달이 뜨면 성장을 갈무리하는 그 정직한 순리가 그들을 가장 단단하게 만든다. 이제 우리도 세상이 강요한 가속도 페달에서 발을 떼고, 내면의 자연 시계를 다시 맞추어야 할 시간이다.

당신은 자연의 순리를 따라 걷고 있습니까,

아니면 세상이 정한 방식에 떠밀려

위태롭게 달리고 있습니까?

당신이 그토록 필사적으로 도망치려 애쓰는 그곳은,

정말로 당신이 있어야 할 자리가 맞나요?

존재를 깨달은 이후

"씨앗이 깨어나는 것은 기적이지만,

깨어난 씨앗이 나무가 되는 것은 '투쟁'입니다.

지금까지 존재의 시작이 의지보다

앞선 '조건'에 있음을 인정했다면,

이제 우리는 그 존재가 어떻게 '모양'을 갖추어 가는지

목격해야 합니다.

식물은 결코 진공 상태에서 자라지 않습니다.

옆 나무의 그늘, 담장의 높이, 거친 바람의 방향이

식물의 허리를 굽히게도 하고 단단하게 만들기도 합니다.

'나'라는 존재의 윤곽선은 내 안에서 그려진 것이 아니라,

나를 둘러싼 세계와 부딪히며 남겨진

'흉터의 집합'일지도 모릅니다.

이제, 고립된 자아를 버리고

'관계'라는 구속 안으로 들어가 보겠습니다."

2장

식물의 조화

09

프로스트처럼 경계를
존중하는 법

"좋은 담장이
좋은 이웃을 만든다"

정원을 일구며 내가 가장 먼저 공을 들인 일은 간단한 담장을 세우고 안과 밖의 경계를 짓는 것이었다. 사람들은 흔히 '정원'이라고 하면 사방으로 탁 트인 무한한 자유의 공간을 떠올리지만, 사실 정원을 정원답게 만드는 본질은 그 안에 심긴 화려한 꽃들이 아니라 외부의 소란으로부터 생명을 분리해내는 단호한 '선Line'에 있다. 바로, 담장이다.

담장은 안쪽의 연약한 생명들을 지켜내는 든든한 울타리인 동시에 그 안의 식물들이 제멋대로 영역을 이탈하지 못하게 다스리는 구속의 상징이기도 하다. 이 이중적인 성격이야말로 정원이 가진 묘한 매력이다.

우리 정원의 이름인 '꽃담원'에는 내가 평생을 바쳐 길어올린 세 가지 뜻이 서려 있다.

첫째는 '꽃과 말하다(談)'라는 의미의 꽃담이다. 이곳은 단순히 식물을 구경하는 장소가 아닌 꽃의 생애에서 인간이 배워야 할 삶의 교훈을 찾아내고 대화하는 담화(談話)의 장이다.

둘째는 '꽃을 담은(盛) 정원'이라는 뜻이다. 꽃담원은 자연에서 있어야 할 300여 종의 귀한 생명들을 품고 있는 작은 그릇이다.

마지막으로는 실제 입구에 자리한 고아한 담벼락이나 꽃으로 엮은 울타리처럼 '꽃이 있는 담장(牆)' 그 자체를 의미하기도 한다. 결국 꽃담원은 소통이자 그릇이며, 동시에 아름다운 경계인 셈이다.

식물들의 세계를 가만히 들여다보면, 이 경계를 지키려는 소리 없는 경쟁은 상상 이상으로 처절하다. 식물들은 뿌리 끝에서 특수한 화학 물질을 내뿜어 자신의 영역을 무단 침범하는 이웃 식물의 성장을 억제하거나 씨앗의 발아를 막는 '타감작용Allelopathy'을 펼친다. 언뜻 보기엔 타자를 배척하는 이기적인 행위처럼 보일 수 있다. 그러나 이

 식물이 전하는 철학들

는 서로가 서로의 적절한 거리를 지켜줌으로써 각자의 고유한 형태와 생명력을 유지하게 하는 최소한의 생태적 예의다.

경계가 무너진 숲은 정원이 아니라 무법천지인 정글이되고, 칡덩굴이나 환삼덩굴같은 무법자들의 천지가 되어어느 식물도 온전한 제 모양대로 자라날 수 없다.

미국의 시인 로버트 프로스트Robert Frost는 그의 시 〈담장을 고치며〉에서 "좋은 담장이 좋은 이웃을 만든다"라고나직이 읊조렸다. 이웃 간의 진정한 우애란 무조건 담을허무는 사이가 아닌 서로의 독립된 경계를 명확히 인식하고 그 선을 존중할 때 비로소 가능하다는 통찰이다. 동양의 성인 공자(孔子) 역시 '예(禮)'의 핵심을 '경(敬)', 즉 상대를 귀하게 여기되 함부로 침범하지 않는 적절한 거리를 두는 태도에서 찾았다.

우리 삶의 불행은 대개 서로가 너무 멀어서가 아니라경계를 잃고 사랑이나 친밀함이라는 이름으로 타자의 내면을 함부로 짓밟는 '무례'에서 시작되기 마련이다.

우리는 흔히 아무런 구속이 없는 절대적 자유를 갈구하며 타자와의 관계를, 나를 억압하는 무거운 굴레로 여기곤 한다. 하지만 아무런 저항도, 타인과의 부딪힘도 없는 진공 상태에서는, 존재는 형체를 유지하지 못하고 흩어져버린다.

'나는 누구인가?'라는 정체성은 내가 만나는 수많은 사람과의 건강한 마찰, 보이지 않는 경계선 위에서 비로소 선명하게 정의된다. 특히 나이를 먹고 사회적 관계망이 급격히 재편되는 시기에 느껴야 할 감정은 상실감이 아니다. 오히려 이제야 비로소 타인의 시선이 아닌, 나를 진정으로 보호하고 나다운 삶을 정의해줄 '새로운 담장'을 내 손으로 직접 설계할 황금 같은 기회다.

꽃담원의 담장은 닫혀 있으나 열려 있고, 가로막고 있으나 소통하고 있다. 담장이 있기에 꽃은 안심하고 피어나고, 담장이 있기에 우리는 그 너머의 그리움을 배운다. 당신의 영혼을 지켜줄 당신만의 담장은 지금 안녕한지 묻고 싶다.

식물이 전하는 철학들

당신의 삶을 지탱하는 담장은 당신을 답답하게 가둡니까,

아니면 지켜주고 있습니까?

당신은 혹시 사랑이나 관심이라는 이름으로,

소중한 사람의 경계를 무너뜨리고 그들의 정원을

망치는 무례한 가해자는 아닌가요?

10

다윈처럼 치열하게
대화하는 법

○ ● ○

"투쟁을 멈춘다는 것은

곧 생명의 흐름이 끊겼다는 신호와도 같다."

꽃담원의 한쪽 구석, 잠시라도 정원사가 손길을 주지 않으면 금세 이름 모를 풀들과 꽃들이 한데 엉겨붙어 아수라장이 되고 만다.

처음 정원을 일구기 시작했을 때, 나는 모든 식물이 마치 눈에 보이지 않는 규율을 따르듯 제자리에 서 있기를 바랐다. 하지만 생명은 결코 설계자의 고집스러운 계획대로 움직여주지 않았다. 식물들은 햇빛을 단 한 뼘이라도 더 받기 위해 서로의 어깨를 밀치고, 한 방울의 물줄기를 따라 땅속 깊이 뿌리를 뻗어냈다.

식물들은 매일 소리 없는 전쟁을 치른다. 우리가 보는 정원의 평화는 사실 이 치열한 투쟁이 잠시 멈춘 팽팽한 균형의 상태일 뿐이다.

나는 정원 가꾸기 기준을 철저히 자연주의에 기반을 두어 꽃과 잡초를 인위적으로 구분하지 않는다. 바람에 실려 왔든 심었든, 어떤 종이라도 스스로 뿌리를 내려 살아간다면 그 순간부터 꽃담원의 당당한 주인이 된다. 대신 나의 유일한 원칙은 '공존'에 있다. 스스로 살지 못하고 다른 식물의 줄기를 칭칭 감아 올라가거나, 이웃의 생존을 위협하며 괴롭히는 식물들은 가차 없이 정리한다.

이런 원칙 덕분에 흔히 잡초라 불리는 민들레, 제비꽃, 괭이밥, 양지꽃, 씀바귀 등은 우리 정원에서 귀한 대접을 받으며 함께 살아간다. 오히려 꽃으로 대접받는 인동초나 나팔꽃은 다른 식물들을 힘들게 한다는 이유로 종종 뿌리째 뽑히기도 한다. 꽃담원에서 생명들은 나름의 생존을 마음껏 누리되, 남에게 피해를 주는 '공공의 적'이 되어서는 살아남기 어렵다.

이것은 내 정원의 규칙이지만, 식물들만의 세계에서는 다르다. 그들은 경쟁하며 생존하기도 한다.

생태학에서 말하는 '천이 Succession'의 과정은 결코 평화

 식물이 전하는 철학들

로운 행진이 아니다. 천이는 시간이 지나면서 다양한 생물들이 들어오고 군집이 점점 바뀌는 것을 말한다. 이것은 기존의 질서를 무너뜨리려는 침입과 그에 맞서는 완강한 저항, 수많은 갈등 끝에 도달하는 위태로운 타협의 상태다.

천이가 생태계 전체에 벌어지는 일이라면 '굴광성'은 개별식물에게서 벌어진다. 굴광성은 햇빛을 더 받고자 햇빛을 향해 몸을 굽히는 의지가 담긴 식물의 자발적 선택이다. 굴광성은 단순히 빛을 찾는 본능을 넘어, 타자보다 조금이라도 더 높이 서겠다는 처절한 욕망의 발현이다. 그 치열한 경쟁의 결과로 숲은 비로소 여러 층의 높낮이를 가진 '층상 구조'라는 거대한 질서를 만들어낸다.

정원의 진정한 아름다움은 정원사가 미리 그려놓은 설계도가 아니라 식물들이 온몸으로 치른 투쟁의 흔적들이 겹겹이 쌓여 만들어낸 생명의 무늬인 것이다.

생물학자이자 철학자 찰스 다윈Charles Darwin은 자연의 질서를 '적자생존'이라는 냉혹한 투쟁의 원리로 설명했지만, 사실 그 투쟁은 상대를 반드시 죽여야 하는 살육전이라기보다 서로의 자리를 결정하는 '치열한 대화'에 가깝다.

철학자 헤겔G.W.F. Hegel은 서로 모순되는 두 힘이 부딪혀(정-반) 더 높은 차원의 합의(합)에 이르는 변증법적 과정을 역사의 동력으로 보았다.

정원은 매순간 이런 다원적, 헤겔적 투쟁이 일어나는 현장이다. 갈등이 멈추는 순간 질서는 정체되고, 정체된 정원은 곧 생명력을 잃어 박제된다. 투쟁을 멈춘다는 말은 곧 생명의 흐름이 끊겼다는 신호와도 같다.

현대 사회를 살아가는 우리는 갈등을 피해야 할 악(惡)으로만 간주하곤 한다. 관계에서의 마찰이나 조직에서의 경쟁을 소모적이고 피곤한 것으로 치부하며, 오직 매끈하고 평온한 상태만을 지향한다. 하지만 갈등이 없는 관계는 깊이가 생기지 않고, 투쟁이 없는 삶에는 자신만의 고유한 선(線)이 그려지지 않는다.

우리가 살면서 마주하는 수많은 부딪힘과 갈등은 나를 무너뜨리려는 외부의 공격이 아니다. 그것은 내가 어떤 사회적 구조와 관계 속에서 가장 나답게 빛날 수 있는지를 찾아가는 처절하고도 정교한 조정 과정이다. 갈등을 통과해야만 비로소 나만의 질서가 바로 서기 때문이다.

정원의 식물들은 서로 부딪히며 자신의 자리를 배운다. 그리고 그 마찰의 끝에서 비로소 숲이라는 거대한 하모니를 완성한다. 갈등을 두려워하지 않는 식물들처럼, 우리 역시 삶의 부딪힘 속에서 더 단단한 존재의 무늬를 새겨넣어야 한다.

당신은 지금 갈등이 전혀 없는
박제된 평화만을 꿈꾸고 있습니까?

삶에서 일어나는 수많은 부딪힘과 마찰이,
사실은 당신의 존재를 가장 단단하게
빚어낸다는 진실을 알고 있나요?

11

니체처럼 고난을
받아들이는 법

○ ● ○

"나를 죽이지 못한 것은
나를 더 강하게 만든다."

태풍이 휩쓸고 지나간 다음 날의 꽃담원은 마치 잔인한 전쟁터를 방불케 한다. 전날까지 눈부시게 피었던 샤스타 데이지는 맥없이 푹푹 쓰러져 있고, 대가 길어 바람에 유독 약한 글라디올러스는 일찌감치 대지에 몸을 누이고 만다. 특히 정성 들여 키운 목수국 가지가 속절없이 꺾여 바닥을 뒹구는 모습을 볼 때면, 내 마음 한구석도 텅 빈 것처럼 시려온다.

나는 서둘러 꺾인 자리를 매만져 다듬고 지지대를 세워 상처를 보살피지만, 정작 놀라운 일은 그 이후에 일어난다. 식물은 그 상처를 단순히 '봉합'하여 예전으로 되돌리는 데 그치지 않기 때문이다. 한 계절이 흐른 뒤 그 자리를 다시 만져보면, 부러졌던 흔적은 주변보다 훨씬 단단하고 굵은 마디가 되어 나무 전체를 지탱하는 든든한 요충지가 되어 있다.

무더운 여름날, 정원의 무성한 풀들을 정리하기 위해 예초기를 둘러메고 작업하다 보면 종종 예상치 못한 사고가 발생하곤 한다. 꽃나무와 화초들이 한곳에 모여 있지 않고 여기저기 산재하고, 체력이 바닥난 상태에서 집중력이 흐려지면 아끼던 꽃나무의 줄기를 실수로 잘라버리는 일이 생기고 만다. 밑동까지 완전히 잘리면 회복이 불가능하지만, 다행히 지제부(식물의 줄기와 뿌리가 만나는 부분)가 어느 정도 살아 있으면 기적 같은 반전이 일어난다. 절단면 바로 아래에 잠들어 있던 싹Bud이 무서운 기세로 깨어나며 이전보다 훨씬 풍성하고 멋진 수형을 형성해 정원사에게 미안함을 넘어선 큰 기쁨을 선사하기도 한다.

식물학적으로 이러한 회복의 기적은 '굳은살Callus'의 강력한 힘 덕분이다. 식물이 상처를 입으면 그 부위에서 분화되지 않은 세포들이 폭발적으로 증식하며 상처를 덮어버린다. 이를 '유합 조직Callus tissue'이라고 하는데, 흥미로운 점은 이것이 단순히 흉터를 만드는 수준을 넘어, 원

　　　　　　　　　　　　식물이 전하는 철학들

래보다 훨씬 견고한 조직으로 그 자리를 재구성한다는 사실이다.

식물은 자신에게 상처가 나면 그 부위의 구조를 더 강하게 보강하라는 긴급한 생존 신호를 받는다. 한 번 부러짐을 경험한 가지는 그 부위를 집중적으로 강화함으로써, 다음에 찾아올 더 거센 폭풍우를 견뎌낼 준비를 마친다.

철학자 프리드리히 니체는 일찍이 "나를 죽이지 못한 것은 나를 더 강하게 만든다"라고 단호하게 선언했다. 그는 인간이 겪는 고통을 피해야 할 불운이 아니라 정신을 고양하고 존재의 새로운 질서를 세우는 동력으로 보았다.

폭풍을 견디고 부러진 가지에 맺힌 단단한 옹이는 니체가 말한 '위험하게 살기'의 훈장이자, 삶을 긍정하는 자만이 가질 수 있는 명예로운 흔적이다. 아무런 상처가 없는 존재는 겉보기엔 매끄럽고 완벽해 보여도, 거친 풍파를 이겨낼 자신만의 저력을 갖지 못한다.

우리는 살면서 실패나 상처를 인생의 지울 수 없는 오

점으로 여기며 필사적으로 숨기려 애쓰곤 한다. 특히 인생의 중반을 넘어서며 예기치 않게 마주하는 상실감과 아픔은 우리를 깊은 무력감으로 몰아넣는다.

하지만 나무들은 침묵으로 우리에게 말한다. 당신의 굽은 등과 거친 손마디, 마음속에 깊게 팬 흉터들이야말로 당신이 무너지지 않게 지탱한 가장 단단한 삶의 뼈대라고 말이다. 상처는 존재의 결핍이 아니라 당신이 세상과 치열하게 부딪히며 스스로를 보강했던 '구조적 완성'의 생생한 증거다.

부러진 자리가 마디가 되고, 그 마디가 모여 나무의 나이테를 이루듯 우리 삶의 상처 또한 새로운 도약을 향한 발판이 된다. 흉터가 많은 나무일수록 더 깊은 향기를 내뿜고 더 넓은 그늘을 드리우는 법이다.

   식물이 전하는 철학들

당신은 상처를 가리고 싶은
부끄러운 흔적으로만 여기고 있습니까?

당신의 존재를 단단하게 빚어낸 그 '옹이'들이,
사실은 당신이 생의 한복판에서
가장 치열하게 살아냈음을 증명하는
영광스러운 훈장이라는 사실을 알고 있나요?

12

존 던처럼 연결됨을 추구하는 법

○ ● ○

"식물들은 서로를 이용하지 않고
서로의 존재로서 완성되는
하나의 생명 공동체다."

우리는 화분에 담긴 식물이 오직 나의 지극한 돌봄과 수고에 의해서만 자라난다고 굳게 믿곤 한다. 하지만 그 좁은 화분 속 식물을 뿌리째 들고 뽑으면, 눈에 보이지 않았던 거대하고 정교한 연결망이 드러난다.

흙 속에는 육안으로 식별할 수 없는 무수한 곰팡이 균사들이 식물의 뿌리와 실타래처럼 얽혀 '균근Mycorrhiza'이라는 신비로운 공생 관계를 형성한다. 식물은 자신의 뿌리만으로는 도저히 닿을 수 없는 깊은 곳의 수분과 미네랄을 이 미세한 균사체로부터 공급받는다. 그 대가로 광합성을 통해 정성껏 만든 당분을 균사체에게 기꺼이 나눠준다. 식물들은 서로를 이용하지 않고 서로의 존재로서 완성되는 하나의 생명 공동체인 셈이다.

수형이 아름다운 수국이나 선물받은 무궁화 화분을 온실에서 애지중지 관리하다가, 때가 되어 꽃담원의 열린 공간에 내다 심는 일이 종종 있었다. 대부분의 경우, 답답하고 좁은 화분 속에 갇혀 뒤틀려 있던 뿌리가 정원의 흙과 만나면 '이제야 내 세상을 만났다'는 듯 자라는 속도와 양상이 완전히 달라진다.

생장량이 이전보다 배 이상 많아짐은 물론이고, 잎의 색과 줄기의 강도조차 크게 달라진다. 흙에는 외부의 충격을 흡수하는 거대한 완충력이 있고, 사방으로 열린 숨구멍이 존재하며, 뿌리가 조금만 손을 뻗으면 언제든 길어올릴 양분과 수분이 무궁무진하기 때문이다. 화분 속 고립된 성장은 결코 대지의 풍요로운 확장을 이길 수 없다.

대지가 식물에게 선사하는 이 놀라운 생명력의 배후에는, 단순히 공간의 넓이만으로는 설명할 수 없는 은밀한 사회적 계약이 숨어 있다. 화분이라는 고립된 섬을 벗어나 대지에 뿌리를 내리는 순간, 식물은 홀로서기가 아니라 거대한 생태적 정보망에 비로소 '접속'하기 때문이다.

이른바 '우드 와이드 웹Wood Wide Web'이라 불리는 이

   식물이 전하는 철학들

지하의 거대한 통신망은 숲 전체를 하나의 거대한 유기체로 단단히 묶어낸다. 한 그루의 나무가 병들어 쓰러지면 이웃 나무들이 보이지 않는 그물을 사용해 비상 영양분을 보내기도 하고, 해충의 습격이 시작되면 화학적 경고 신호를 주고받으며 숲 전체가 방어 태세를 갖춘다.

숲에 '독립된 나무'란 존재하지 않는다. 오직 촘촘하게 얽히고설킨 '상호 의존의 그물'만이 존재할 뿐이다. 우리가 숲을 보며 느끼는 그 깊은 평화는, 사실 이 완벽한 의존의 시스템이 작동하고 있다는 증거이기도 하다.

영국의 사제이자 시인 존 던John Donne은 "누구도 그 자체로 완전한 섬은 아니다"라고 노래했다. 그는 모든 인간이 대륙의 한 조각이며, 타인의 죽음이나 아픔이 곧 나의 일부가 떨어져 나가는 고통이라고 보았다. 불교의 '인드라망Indra's Net' 사유 역시 이와 깊게 맞닿아 있다. 우주에 펼쳐진 영롱한 보석들이 서로의 빛을 비추며 존재하듯, 우리는 서로에게 투영된 빛에 의해서만 자신의 존재를 비로소 확인할 수 있다. 독립은 강함의 상징이 아니라 연결을 잃어버린 존재의 빈곤일지도 모른다.

우리는 아주 오랫동안 타인에게 의지하지 않는 독립적인 인간을 성숙과 성공의 지표로 삼아왔다. 누구에게도 신세를 지지 않고 홀로 꼿꼿이 서는 삶을 위대하다고 칭송했다. 하지만 식물의 세계에서 독립은 곧 고립이며, 고립은 곧 죽음을 의미한다. 특히 나이 들어 겪게 되는 은퇴 후의 극심한 소외감은, 우리가 누군가에게 기꺼이 신세를 지고 도움을 요청하는 '의존의 기술'을 상실했을 때 찾아오는 생태적 재앙이다.

우리가 인생에서 진정으로 배워야 할 것은 차가운 홀로서기가 아니다. 기꺼이 누군가의 어깨에 기대고 또 누군가의 든든한 뿌리가 되어주는 정다운 의존의 감각이다.

나무들은 서로의 뿌리를 굳게 붙잡고 폭풍우를 견뎌낸다. 그들은 독립을 꿈꾸지 않기에 무너지지 않는다. 당신의 삶 또한 보이지 않는 수많은 존재의 응원과 균사체 같은 연결 덕분에 오늘 이만큼 우거질 수 있었음을 잊지 말자.

당신은 지금의 당신이
오직 스스로의 힘만으로 여기까지 왔다고 믿습니까?

보이지 않는 곳에서 당신을 지탱하고 영양분을 준,
그 '균사체' 같은 수많은 인연을 어떻게 대하고 있습니까?

13

아리스토텔레스처럼
마음의 평화를 살피는 법

○ ● ○

"진정한 의미의 회복은
나를 무너뜨린 생존의 조건들을
하나하나 다시 설계하는 치열한 과정이다."

정원에서 시들어가는 식물을 마주할 때, 정원사가 가장 먼저 가져야 할 태도는 그 꽃을 가엽게 여기는 감상적인 마음이 아니다. 잎이 말라가는 장미에게 "조금만 더 힘내, 곧 다시 피어날 거야"라는 응원은 아무런 도움이 되지 않는다.

노련한 정원사는 다정한 말 대신 즉시 식물에 물을 듬뿍 주고, 따가운 햇볕을 가릴 그늘을 만들어주며, 흙 속에 공기가 잘 통하도록 주변을 살핀다. 식물의 시듦은 결코 생존 의지가 부족해서가 아니기 때문이다. 그것은 식물을 둘러싼 '환경의 결핍'에서 기인한다. 신속하게 조건을 바꿔주면, 금세 죽을 것 같던 잎사귀들은 놀라운 속도로 생기를 되찾으며 다시 꼿꼿이 일어선다.

환경이 생명을 어떻게 극적으로 뒤바꾸는지 꽃담원의 '백리향(百里香)'을 보며 뼈저리게 체험한 바 있다. 백리향은 향기가 백 리를 간다고 할 만큼 진하고, 바닥을 초록 융단처럼 덮으며 벌들을 불러 모아 정원의 생태계를 건강하게 만드는 보배로운 존재다.

처음 정원을 일굴 때, 온실 건너편 동쪽 측백나무 앞 허브 정원에 백리향 서른 포기를 정성껏 심었다. 그런데 웬일인지 크게 번성하지 못하고 그저 제자리만 겨우 지키는 모양새였다. 나는 그저 '이 땅의 기운이 여기까지인가?' 하고 넘겼다. 하지만 아내가 백리향 몇 포기를 떼어 거실 앞, 온종일 햇볕이 내리쬐고 바람이 시원하게 통하는 곳으로 옮기자 기적이 일어났다. 그 작은 포기들이 무서운 기세로 번져나가 지금은 무려 10미터가 넘는 거대한 군락을 이루었고, 매년 4월 말이면 그 보랏빛 꽃들의 향연이 장관을 이룬다. 식물에게 환경이 얼마나 절대적인지를 새삼 깊게 깨닫는 순간이었다.

식물은 왜 자신의 의지가 아닌 오직 조건에 의해서만

　　　　　　　　　식물이 전하는 철학들

이토록 정직하게 반응할까? 그 해답은 식물의 세포를 지탱하는 물리적 힘에 있다. 식물학적으로 식물이 고개를 단단히 들고 서 있을 수 있게 만드는 힘은 '팽압Turgor pressure'이라 불리는 압력이다. 팽압은 세포 속에 물이 가득 차올라 안에서 밖으로 세포벽을 밀어내는 힘을 말한다. 이 힘이 충분해야만 줄기는 비로소 형체를 유지할 수 있다. 토양에 물이 부족해져 팽압이 낮아지면 식물은 중력을 이기지 못하고 고개를 숙인다. 이것은 식물의 나태함이나 태도 문제가 아니라 철저히 물리적인 현상일 뿐이다.

존재를 지탱하는 꼿꼿함은 내면의 숭고한 결심보다 나를 채우고 나를 둘러싼 물리적 조건들이 만들어내는 적절한 압력에서 나오는 법이다.

생명체의 원리는 인간의 고결한 정신을 논하는 철학의 영역에서도 변함없이 적용된다. 일찍이 철학자 아리스토텔레스Aristotle는 '인간의 행복Eudaimonia'을 논하며 외적인 조건의 중요성을 강조했다. 그는 아무리 고결한 정신을 갖춘 성인이라 할지라도, 극심한 가난이나 고독 또는 신체적인 고통 속에 놓여 있다면 결코 온전한 행복에 이를 수 없다고 보았다.

철학자 헤르베르트 마르쿠제 Herbert Marcuse 역시 인간의 불행을 개인의 심리적인 나약함으로 치부하는 사회적 풍토를 날카롭게 비판했다. 그는 개인을 옥죄는 불행의 근원인 구조적 조건을 먼저 개선하지 않은 채 마음의 평화만을 강조한다면 기만에 불과하다고 주장했다.

결국 우리가 타인의 아픔이나 자신의 무력감을 대할 때 필요한 것은 '마음의 훈련'이 아니라 '환경의 재건'이다. 우리는 우울함의 늪에 빠졌거나 무력감에 시달리는 이들에게 너무나 쉽게 "마음을 좀 더 강하게 먹으라"거나 "의지로 이겨내라"라고 조언한다. 하지만 이는 물기 하나 없는 마른 흙에 뿌리를 내린 식물에게 제힘으로 꼿꼿이 서 있으라고 윽박지르는 행동과 다름없다.

내가 머무는 방의 쾌적한 온도, 매일 마주하는 사람들의 다정한 말씨, 내가 딛고 선 견고한 경제적 토양이야말로 나를 바로 세운다. 추상적인 의지가 아니다. 진정한 의미

     식물이 전하는 철학들

의 회복은 나를 무너뜨린 생존의 조건들을 하나하나 다시 설계하는 치열한 과정이다.

꽃담원의 백리향이 햇볕과 바람을 만나 비로소 만개했듯, 우리 역시 나를 숨 쉬게 할 최적의 장소를 찾아야 한다. 자책하기 전에 내가 서 있는 흙이 너무 메마르지는 않았는지, 나를 가린 그늘이 너무 짙지는 않은지 먼저 주변 환경을 잘 살펴보는 지혜가 필요하다.

당신은 지금 메마른 흙 위에서
영양분도 없이 억지로 웃으며 버티고 있지는 않나요?

당신의 영혼을 다시 찬란하게 세우기 위해,
지금 당장 바꿔야 할 '물리적 조건'은 무엇입니까?

14

노자처럼
통제하지 않는 법

○ ● ○

"우리가 통제하려 했던 그 '의외성'이
우리 삶을 더욱 풍요롭게 만들지도 모른다."

꽃담원을 가꿀 때 처음 나를 힘들게 했던 것은 단연 '잡초'였다. 내가 심지도, 원하지도 않은 이 불청객들이 제멋대로 자라나 정성껏 가꾼 정원의 질서를 어지럽힐 때, 그 모양새를 보고 있으면, 끓어오르는 짜증을 참기 어려웠다.

처음 정원을 꾸릴 때 나는 완벽한 도면을 머릿속에 그려놓고, 단 한 포기의 이름 없는 풀도 허용하지 않겠다는 각오를 다졌다. 하지만 내가 잡초 하나를 뽑아내면, 흙 속에서 잠자던 수만 개의 씨앗이 비웃기라도 하듯 다음 날 열 배로 고개를 내밀었다. 잡초를 완벽히 지배하려 들수록 정원은 강박의 현장으로 변해갔다.

잡초와의 싸움을 이어가던 중, 나는 생태학의 관점에서 잡초가 가진 뜻밖의 얼굴을 발견하게 되었다. 잡초는 '방해받은 땅'에 가장 먼저 찾아와 상처를 치유하는 고귀한 개척자Pioneer라는 사실이었다. 그들은 인간의 간섭으로 무너진 지력을 회복시키고, 거친 비바람에 흙이 씻겨 내려가는 것을 온몸으로 막아낸다. 그러니 잡초를 완전히 박멸하겠다는 정원사의 고집은, 역설적으로 정원 스스로가 가진 천연의 면역 체계를 파괴하겠다는 선언과도 같은 것이다.

현명한 정원사는 이제 잡초와 사생결단을 내는 대신, 흙 위를 덮어주는 재배 방법인 피복Mulching을 하거나 땅을 덮으면서 자라는 식물인 지피식물을 미리 심어 잡초가 자랄 틈을 설계한다. 힘으로 정원을 지배하지 않고, 식물 사이의 경계를 부드럽게 조정하며 공존의 길을 찾는 방식이다. 꽃담원 역시 지금은 잡초와 공존하는 곳이 되었다.

천연의 면역 체계를 가진 잡초는 단순히 생태적 이론에만 머물지 않고, 실제 정원의 생명들이 위기를 넘길 수 있도록 돕는 조력자가 되기도 한다. 예컨대 가혹한 여름 가뭄이 지속되면 땅이 쩍쩍 갈라지며 토양 속 수분이 순식간에 증발되고, 꽃나무들은 타들어가는 갈증에 신음하게 된다. 이때 꽃나무 주변을 덮는 잡초들은 훌륭한 그늘막 역할을 한다. 잡초 군락이 지표면을 촘촘히 가려줌으로써 수분의 증발을 현저하게 늦추고 토양의 습기를 보존시키는 것이다.

때로는 잡초의 억센 줄기가 쓰러지려는 꽃들의 지지대가 되어 꽃들이 꼿꼿하게 피어나도록 돕기까지 한다. 그러니 정원사의 눈에 예쁘지 않다고 잡초를 무조건 뽑아버리면 소중한 아군을 잃는 것과 같다.

잡초를 대하는 태도의 변화는 결국 내면의 깊숙한 곳에 자리 잡은 '통제 욕구'를 내려놓는 성찰로 이어진다. 노자는 '위무위(爲無爲)'를 강조하며, 억지로 인위적인 힘을 보태지 말고 자연의 도도한 흐름에 몸을 맡기라고 설파했다. 그는 통치자가 만물을 억지로 통제하려 들수록 세상은 걷잡을 수 없이 더 어지러워진다고 경고했다.

현대 심리학에서도 과도한 통제 욕구의 근원을 '두려움'이라 진단한다. 내 삶이 계획대로 되지 않는다는 막연한 공포가 우리를 스스로의 삶뿐만 아니라 타인의 삶까지 감시하는 폭군으로 만드는 것이다.

우리는 정원의 잡초를 대하듯 우리 주변의 소중한 관계
들 또한 완벽하게 통제하고 싶어 하는 유혹에 빠지곤 한
다. 자녀의 미래가 내 예상 경로를 벗어날까 조바심을 내
고, 배우자의 사소한 습관을 내 입맛에 맞게 고치려 들며,
심지어는 통제 불가능한 노후의 풍경까지 완벽하게 내 기
준에 넣으려 애쓴다.

하지만 타인은 내가 가꾸는 정원의 식물들처럼 각자 고
유한 생명력과 방향대로 뻗어가는 독립된 존재들이다. 사
랑이라는 이름으로 행해지는 일방적인 통제는 관계의 비
옥한 토양을 딱딱하게 만들 뿐이다. 우리가 할 수 있는 최
선은 그들이 마음껏 자라되 서로를 해치지 않도록 적절한
경계를 설계하고, 그 성장 드라마를 따뜻한 시선으로 지켜
보는 일뿐이다.

잡초들이 때로는 꽃을 지키는 든든한 버팀목이 되듯, 우
리가 통제하려 했던 그 '의외성'이 우리 삶을 더욱 풍요롭
게 만들기도 한다. 이제 꽉 쥐고 있던 통제의 끈을 조금은
느슨하게 풀어줄 때다.

　　　　　　　　　　　식물이 전하는 철학들

당신은 주변의 사람들을 당신이 설계한 도면대로
강제로 배치하려 애쓰지는 않나요?

당신이 꽉 쥔 그 '통제의 끈'을
용기 있게 놓아버릴 때, 비로소 당신의 정원에서
시작될 자유롭고 경이로운 성장을 상상해 봤나요?

15

레비나스처럼 타인과 살아가는 법

○ ● ○

"내가 '나'로서 온전히 존재하는 이유는
나를 바라보는 '너'의 시선이 있기 때문이다."

정원의 골격을 이루는 교목(키 큰 나무)들은 홀로 서 있는 모습이 제법 당당해 보이지만, 사실 숲속 나무들보다 훨씬 고단하고 위태로운 처지다. 거친 바람이 불어오면 온몸으로 그 충격을 받아내야 하고, 뜨거운 뙤약볕 아래서는 수분 증산을 억제하느라 온힘을 다한다.

반면 숲의 품에 안긴 나무들은 서로가 바람막이가 되고, 겹겹이 쌓인 잎들로 습기를 보존하며 공동의 평화를 누린다. 나무의 키가 오직 하늘의 뜻에 따라 결정되는 듯 보여도, 실상은 옆 나무와의 거리와 높이가 그 성장의 한계를 정해주는 셈이다.

정원의 주연인 꽃과 나무를 배치하는 일은 단순히 예쁜 식물을 골라 심는 작업 이상이다. 서로 다른 성질을 가진 존재들이 모여 하나의 살아 있는 유기체, 즉 '한 몸'을 이루게 하는 숭고한 설계가 필요하다.

나는 정원의 배치를 우리 몸에 비유하곤 한다. 교목은 정원의 든든한 골격을 이루는 뼈대가 되고, 관목은 그 뼈대를 포근하게 감싸는 근육과 살이 되어 풍성한 부피감을 만든다. 숙근초들은 계절마다 정원이 갈아입는 다채로운 옷과 같고, 화려한 일년초들은 얼굴에 찍는 화룡점정의 화장이 된다. 이처럼 뼈와 살, 옷과 화장이 각자의 자리에서 서로를 받쳐주고 빛내줄 때, 정원은 비로소 심미적 완성을 이룬다.

하지만 이 조화로운 질서는 어느 한쪽의 일방적인 침범이나 희생으로 유지되지 않는다. 정원 식물들은 이 치열한 삶의 현장 속에서 결코 선을 넘지 않는 '수관 기피Crown shyness'라는 놀라운 예의를 보여준다. 수관 기피는 가까운 나무의 잎사귀들이 서로 닿지 않도록 끝부분에서 스스로 성장을 멈추는 현상이다. 덕분에 숲의 하늘을 올려다보면 나무들 사이에 가느다란 미로 같은 통로가 나 있는 장관을 목격하게 된다. 이는 타자의 영역을 존중하는 동시에, 숲

      식물이 전하는 철학들

전체의 빛 투과율을 높여 다함께 살아가기 위한 수준 높은 배려이다.

존재의 완성은 무한한 팽창이 아니라 타자와 마주한 한계선에서 비로소 이루어짐을 나무들은 몸소 증명해 보인다.

철학자 에마뉘엘 레비나스Emmanuel Levinas는 '타자의 얼굴'을 통해 자아의 완성을 논했다. 그에게 타자는 내가 정복하거나 흡수해야 할 대상이 아니라 나의 존재를 호명하고 책임을 일깨우는 신성한 존재다.

내가 '나'로서 온전히 존재하는 이유는 나를 바라보는 '너'의 시선이 있기 때문이다. 타자의 존재는 나의 무분별한 욕망을 막아 세우는 벽이기도 하지만, 역설적으로 내가 누구인지를 비추는 유일하고 투명한 거울이다.

우리는 흔히 홀로서기가 인생의 최종 목표인 듯 배우며 살아왔다. 하지만 자연의 섭리 안에서 홀로 완성된 존재란 어디에도 없다. 우리는 부모의 헌신적인 기대, 친구의 따뜻한 응원, 때로는 경쟁자의 날 선 견제 속에서 지금의 성품과 태도를 빚어왔다.

숲의 나무들이 그러하듯 우리도 서로의 그림자가 되어주고, 서로의 빛을 가리지 않는 법을 배울 때 비로소 생의 고단한 무게를 견딜 단단한 숲이 된다.

나무들은 오늘도 서로의 잎이 맞닿지 않게 조절하며 하늘을 나누어 자란다. 그 정교한 거리두기가 아름다운 숲의 지붕을 만든다. 당신의 삶 역시 '나'와 '너'라는 누군가와 그어놓은 그 정다운 경계선 덕분에 보호받고 있는지도 모른다.

식물이 전하는 철학들

당신은 지금 혼자만 더 밝게 빛나기 위해

주변 나무들의 햇빛을 가리거나 밀쳐내지는 않나요?

당신이라는 존재의 무늬를 완성시키는

그 '고마운 타자의 한계선'을 따뜻한 시선으로 바라본 경험이 있나요?

16

메를로 퐁티처럼 인연을
소중히 하는 법

○ ● ○

"당신의 현재는 당신이 만난 세계가
당신에게 남긴 소중한 문장들이다."

정원을 한 바퀴 돌고 나면, 각 식물의 생김새가 단순히 종의 특성이 아니라 그들이 살아온 역사의 내밀한 기록임을 알게 된다.

바람이 잦은 길목에 선 식물은 키를 낮추는 대신 줄기를 질기게 단련하고, 그늘진 숲 아래의 식물은 한 뼘의 빛이라도 더 움켜쥐려 잎을 넓고 얇게 펼쳐낸다. 식물의 외양은 태어날 때 부여받은 유전자가 어느 정도 관여하지만 그것이 독단적으로 결정하지는 않는다. 도리어 척박한 환경, 곁에 선 타자들과 치열하게 부딪히며 타협하고 적응해 낸 분투의 결과물이다.

실제 정원에 샤스타데이지를 심으면 이러한 생명의 정직한 반응을 매번 목격하게 된다. 햇볕이 풍부하고 통풍이 원활한 명당에 자리 잡은 샤스타데이지들은 키를 무리하게 키우지 않아도 줄기가 단단해진다. 그래서 웬만한 바람에도 쓰러지지 않고 꽃을 오래 피운다.

반면, 볕이 잘 들지 않는 반그늘에 심긴 샤스타데이지들은 빛을 향한 갈망 때문에 키만 껑충하게 자란다. 그 속이 비어 연약하니 작은 바람에도 볼품없이 쓰러지기 일쑤다.

집 근처 성불암이라는 사찰에 우뚝 선 두 그루의 은행나무 중 유독 한 그루에만 이끼가 잔뜩 끼어 있는데 그 이유도 이와 다르지 않다. 주변의 측백나무와 단풍나무들이 바람길을 막아 습도를 높인 탓에, 그 나무는 이끼가 사랑하는 환경으로 강제로 편입된 것이다. 식물은 누구와 함께 사느냐에 따라 식물의 살결과 빛깔이 판이하게 달라지기도 한다.

생물학에서는 이를 '표현형 가소성 Phenotypic plasticity'이라 부른다. 이는 같은 종의 식물이라도 어떤 환경에서 누구와 어깨를 맞대고 자라느냐에 따라 전혀 다른 모습으로 성장하는 유연한 능력이다. 존재의 본질은 내부에 고정되지 않고, 외부 세계와 끊임없이 상호작용하며 변주되고

식물이 전하는 철학들

재창조되는 역동적인 과정에서 비롯한다. 그러므로 생명은 단독자로 태어나지 않고, 자신이 만난 세계와 뒤섞이며 '나'라는 형상으로 빚어진다.

철학자 모리스 메를로 퐁티 Maurice Merleau-Ponty는 인간의 몸을 세계와 촘촘히 얽힌 '살(la Chair, 육체)'로 보았다. 주체와 객체는 칼로 자르듯 명확히 나누어지지 않고, 서로 스며들고 교차하며 하나의 거대한 풍경을 이룬다는 통찰이다.

꽃담원의 식물들이 대지의 영양분과 태양의 빛 그리고 정원사의 손길과 뒤섞여 자라나듯, 인간의 영혼 또한 살아가며 마주한 수많은 인연의 흔적들이 차곡차곡 쌓여 만들어진 지층과 같다.

우리는 가끔 "내 본연의 모습을 잃어버렸다"라고 한탄하며 과거의 순수함을 그리워한다. 하지만 우리가 잃어버렸다고 믿는 그 고립된 자아란 애초에 존재하지 않았을지도 모른다.

지금 당신의 표정과 말투, 생각의 깊이는 당신이 탐독했던 책들, 뜨겁게 사랑했던 연인들, 뼈아픈 실망을 안겨준 친구들 그리고 끝까지 포기하지 않았던 고집스러운 신념들이 빚어낸 오묘한 합작품이다. 그러므로 누군가를 진정으로 이해한다면 그가 지나온 무수한 '관계의 지형'을 함께 걷고 그 굴곡진 사연을 수긍한 결과일 것이다.

식물의 휘어진 줄기가 바람의 방향을 증명하듯, 당신의 현재는 당신이 만난 세계가 당신에게 남긴 소중한 문장들이다. 그 모양이 비록 매끈하지 않더라도 실망할 필요 없다. 누가 뭐래도 그것은 당신이 세상을 향해 온몸으로 응답하며 살아온 성실한 훈장이다.

  식물이 전하는 철학들

당신은 지금 거울 속에 비친

자신의 모습이 마음에 드나요?

당신이라는 아름답고도 일그러진 고유한 모양을

만들기 위해, 당신의 생에 찾아와 머물던

그 '수많은 세계들'에게 고마운 인사를 건넨 경험이 있나요?

조화를 이룬 뒤

"우리는 관계라는 구속 안에서 서로의 담장이 되어주며

각자의 모양을 빚어왔습니다.

때로는 부러진 가지에 옹이를 만들고,

때로는 보이지 않는 뿌리가 엉키며

우리는 '혼자가 아님'을 증명했습니다.

하지만 정원의 문을 열고 한 걸음 더 깊이 들어가면,

그 평화로운 어우러짐 뒤에 숨겨진

또 다른 질서를 마주하게 됩니다.

바로 '경쟁'과 '조화'라는 가면입니다.

식물은 치열하게 자기 자리를 다하지만,

그 투쟁의 끝은 결코 상대를 파멸시키는 전쟁이 아닙니다.

이제 우리는 묻게 됩니다.

우리가 본능이라 믿었던 경쟁은

정말 상대를 무너뜨리기 위한 것이었을까요?

아니면 나만의 '적합함'을 찾아가는

처절한 자기 증명이었을까요?

다음 장부터는 타인의 속도에 휘둘리지 않고

나만의 속도로 피어나는 삶 너머의 진실을

읽어보려 합니다."

3장

식물의 균형

17

장자처럼
균형을 이루는 법

○ ● ○

"최고가 되려는 욕망이 최선의 조화를
가로막지는 않는지 돌아보아야 한다."

연구자 시절, 나는 통제된 실험실의 온실 안에서 특정 식물이 낼 수 있는 최대의 성장치를 정교하게 측정하곤 했다. 영양분이 넘쳐나고 경쟁자가 거세된 조건에서 식물들은 기형이라 할 만큼 거대하고 화려하게 자라났다.

하지만 정원을 가꾸면서부터는 식물에게 전혀 다른 배움을 얻었다. 야생의 거친 흙에서 최후까지 살아남는 식물은 가장 크고 강한 존재가 아니라, 그 땅의 습도와 바람의 방향에 가장 '적합하게' 자신의 몸을 낮춘 존재였다.

이러한 생존의 묘미는 정원의 양분 관리에서도 여실히 드러난다. 나는 매년 정원의 나무들에게 유기질 퇴비를 한 포씩 나누어준다. 텃밭에는 열 포씩 넉넉히 챙겨주고, 꽃나무들 주변에는 알알이 덩이비료를 배분한다. 하지만 개별적인 특성을 무시한 채 일률적으로 양분을 공급하다 보면, 어떤 식물은 영양이 넘쳐 탈이 나고 어떤 식물은 특정 성분이 모자라 시름시름 앓기도 한다. 정원 한복판에 애지중지 심은 블루베리는 늘 비실대는데, 정원 구석 경계에 내버려둔 블루베리는 해마다 탐스러운 열매를 주렁주렁 맺는 모습을 보면 묘한 기분이 든다. 식물에게도 저마다의 양분 흡수 특성이 있고, 그에 맞는 최적의 자리가 따로 있다는 증거다.

작물재배학에는 '리비히의 최소량 법칙Liebig's Law of the Minimum'이라는 서늘하고도 정직한 원리가 있다. 식물의 성장량은 넘쳐나는 영양분이 아니라 가장 부족한 요소 하나에 의해 결정된다는 법칙이다. 아무리 질소와 인산이 풍부해도 칼륨 하나가 부족하면 식물은 딱 그 결핍의 크기만 빼고 자라난다.

정원에서의 경쟁은 누가 더 많은 자원을 가졌느냐의 싸움이라기보다 누가 자신의 부족함을 가장 지혜롭게 견디고 보완하느냐의 싸움이다. 주어진 결핍 속에서 최적의 균형을 찾는 자만이 계절의 문턱을 무사히 넘을 수 있다.

     식물이 전하는 철학들

찰스 다윈Charles Darwin의 관찰이 우리에게 던지는 진짜 질문은 '누가 더 강한가'가 아니라 '누가 제 자리를 찾았는가'에 가깝다. 생태학에서는 이를 '생태적 지위Ecological Niche'라고 부르는데, 이는 숲이라는 거대한 오케스트라에서 각 생명체가 맡은 고유한 악보와 같다.

다윈은 갈라파고스의 핀치새들이 먹이 환경에 맞춰 제각각 다른 부리 모양을 진화시킨 모습을 보았다. 그는 그로써 생명이란 일등을 향해 위로만 치닫는 경주가 아니라 자신만의 틈새를 찾아가는 섬세한 적응의 과정임을 알았다.

동양의 고전 《장자(莊子)》에 등장하는 '무용지용(無用之用)'의 지혜 역시 이와 궤를 같이한다. 쓸모없어 보이는 구부러진 나무가 그 굽음 덕분에 목수의 도끼를 피하고 천년의 세월을 견디듯, 생존은 독보적인 우월함이 아니라 주변과 빈틈없이 맞물리는 '나만의 최적 부위'를 확보하는 데 있는 법이다.

우리는 늘 일등이 되어야만 살아남는다는 강박 속에서 스스로의 영혼을 소진하며 살아간다. 남보다 더 높은 스펙과 더 많은 재력을 쌓기 위해 달려가느라, 정작 '최소량의 법칙'이 경고하는 내면의 치명적인 결핍은 외면하기 일쑤였다. 그래서인지 인생의 어느 순간에서 우리가 마주하는 진실은 생각보다 허망하다. 숲에서 가장 높이 솟은 나무가 가장 먼저 벼락의 표적이 되듯, 조화를 망각한 성장은 고독한 파멸을 부를 뿐이다.

최고가 되려는 욕망이 최선의 조화를 가로막지는 않는지 돌아보아야 한다. 나를 지탱하는 생의 그물망 중 가장 약한 고리가 어디인지 살피고 그 결핍을 묵묵히 마주할 때, 우리는 비로소 쓰러지지 않는 자신만의 숲을 이룰 수 있다.

이름 없는 풀꽃들은 오늘도 우리에게 나지막이 속삭인다. 당신이 지금 일등이 되기 위해 안간힘을 쓰고 있는 그 자리가 정작 당신의 영혼이 숨쉬기에 가장 적합한 자리가 맞느냐고 말이다.

 식물이 전하는 철학들

당신은 '최고'라는 화려한 껍데기를 얻기 위해,
삶의 가장 소중한 '조화'를 포기하지는 않았나요?

당신의 생존을 결정지을 내면의 가장 낮은 곳,
그 결핍의 목소리에 귀 기울일 용기가 있나요?

18

크로포트킨처럼
협력하는 법

○ ● ○

"꽃은 벌을 위해 피고,

벌은 꽃을 위해 날아오른다."

초여름 정원에 라일락이 흐드러지게 피어날 때면, 그 압
도적인 향기와 빛깔에 취해 한참을 멍하니 서 있곤 한다.
연구원 시절의 내게 꽃은 그저 안토시아닌과 플라보노이
드 같은 색소 성분들의 수치로 기록되는 화학적 결과물일
뿐이었다.

하지만 정원사가 되어 매일 새벽 벌들이 라일락의 깊은
품속으로 파고드는 광경을 목격하며 비로소 깨달았다. 꽃
의 향기나 화려함은 자기를 뽐내기 위한 허영이 아니라 타
자를 부르는 가장 절박한 '초대장'이자 자신을 건 처절한
'헌신'이라는 사실을 말이다.

식물이 이토록 눈부신 빛깔과 진한 향기를 내뿜는 이유
는 매개자인 곤충과의 '공진화Coevolution'를 위해서다. 식
물은 자신이 전 생애를 걸쳐 정성껏 만든 귀한 당분을 꿀

이라는 이름으로 기꺼이 내어주고, 벌은 그 대가로 꽃가루를 옮기며 식물의 내일을 보장한다. 이것은 일방적인 시혜도, 단순한 이기적 거래도 아니다. 서로의 생존을 상대의 생존과 맞바꾸는 고도의 협력 체계다.

꽃은 홀로 아름답게 빛나는 장식이 아니다. 타자의 도움이 없으면 완성될 수 없는 '불완전한 존재'들이 만들어낸 조화의 극치다.

초여름 산길에서 만나는 개다래는 이러한 생존의 전략을 더욱 극적으로 보여준다. 꽃이 필 무렵이면 개다래는 덩굴 줄기에 달린 초록 잎들에 마치 하얀 분가루를 칠한 듯한 무늬를 만들어낸다. 잎겨드랑이 안쪽에 숨어 피는 작은 꽃이 우거진 녹음에 가려 잘 보이지 않으면, 잎의 색을 변하게 하여 "이곳에 달콤한 꿀이 있다"라는 신호를 보낸다. 제 몸의 일부를 변색시키는 고통을 감수하면서까지 수분 매개자를 부르는 이 행위는, 생존을 향한 식물의 지독하고도 영리한 몸짓이다.

　　　　　　　　　　　　식물이 전하는 철학들

사상가 피터 크로포트킨Peter Kropotkin은 자신의 저서 《만물은 서로 돕는다》에서 자연의 진정한 동력은 경쟁이 아닌 '상호 부조'라고 설파했다. 그는 혹독한 환경일수록 생명체들은 서로 투쟁하기보다 협력함으로써 생존 확률을 높인다는 사실을 전 세계의 생태 관찰로 증명해냈다.

대문호 요한 볼프강 폰 괴테Johann Wolfgang von Goethe 역시 식물의 모든 기관이 유기적으로 변화하고 협력하며 하나의 완결된 생명을 이룬다는 점에 경탄하며, 자연을 분절된 조각이 아닌 거대한 하나의 흐름으로 보았다.

우리는 흔히 경쟁을 생존의 본능이라 믿으며 타자를 딛고 올라서는 행위를 당연하게 여긴다. 그러나 꽃담원의 풍경이 증명하듯, 진정한 생명력은 타자가 감동하여 나의 세계로 들어오는 '연대의 힘'에서 나온다. 화려하게 치장하고 목소리를 높이는 이유가 오직 자신의 우월함을 과시하기 위해서라면 그 생명은 곧 고립되어 시들 수밖에 없다.

나의 아름다움이 누군가에게 영양분이 되고, 타자의 활동이 나의 결실이 되는 순환의 고리, 그것이 바로 경쟁이라는 가면을 벗고 만나는 생명의 본질이다.

꽃은 벌을 위해 피고, 벌은 꽃을 위해 날아오른다. 이 숭고한 헌신과 전략의 교차로 위에서 정원은 비로소 무너지지 않는 생태계를 완성한다. 인생 또한 내가 내어준 꿀과 누군가가 옮겨준 꽃가루가 만나는 지점에서 가장 아름다운 열매를 맺게 될 것이다.

　　　　　　　　　　식물이 전하는 철학들

당신이 지금 세상에 내뿜는 향기는 타자를 부르는

따뜻한 초대장입니까,

아니면 접근을 막는 차가운 장벽입니까?

당신은 누군가에게 기꺼이 소중한 것을 내어주고,

그의 날갯짓에 운명을 맡길 용기가 있나요?

19

레비나스처럼 타인을
인정하는 법

○ ● ○

"빈 공간이야말로 사랑이 비로소 향기를 낼
유일한 통로다."

초보 정원사들이 가장 흔하게 저지르는 실수는 꽃이 예쁘다며 꽃을 다닥다닥 붙여 심는 일이다. 연구원 시절, 나는 단위 면적당 식재 밀도에 따른 수확량의 변화를 정교한 수치로 측정하곤 했다. 밀도를 높이면 초기에는 화단이 꽉 차서 화려할지 모르지만, 머지않아 식물들은 서로의 햇빛을 가리고 통풍을 방해하며 동반 몰락의 길을 걷게 된다.

정원사로서 내가 가장 먼저 익혀야 했던 기술은 식물을 잘 심는 법이 아니라 식물과 식물 사이에 충분한 공간을 만드는 법이었다. 비어 있는 공간은 결코 낭비되는 땅이 아니다. 옆 나무가 숨을 쉬고 제 고유한 모양을 갖추기 위해 반드시 확보되어야 할 '생존의 여백'이다.

작물을 재배하는 관점에서 적합한 밀도는 그 식물이 가

장 크게 성장했을 때의 크기를 기준으로 삼는다. 그래서 정원사는 옆 개체의 자람에 전혀 지장을 주지 않으면서도 스스로 맘껏 성장할 수 있는 최적의 거리를 계산한다.

반면 눈에 보이는 성과만을 중시하는 상업적 조경 현장에서는 목적에 따라 초밀식 식재를 감행하기도 한다. 하지만 식물을 생명으로 대할 줄 아는 진정한 정원사라면 당장의 화려함보다 미래에 자라날 틈새를 먼저 고려해야 한다.

식물에게 이 거리가 중요한 이유는 '접촉에 의한 생장 억제'라는 독특한 생리 현상 때문이다. 식물은 타자의 잎사귀가 자신의 몸을 건드리는 순간, 이를 위험 신호로 받아들여 스트레스 호르몬을 내뿜으며 성장을 멈추거나 스스로 왜소해진다. 이를 '접촉형태형성 Thigmomorphogenesis' 이라고 한다.

사랑한다는 이유로 또는 더 잘되길 바란다는 명목으로 영역을 침범하는 순간, 그 존재의 고유함은 여지없이 파괴되고 만다. 정원사가 땀 흘려 전정(가지치기)을 하는 이유도 결국 가지와 가지 사이에 바람이 지날 길을 내기 위함이다. 식물들이 서로를 침범하지 않게 정다운 거리를 조율

　　　　　　　　　　　식물이 전하는 철학들

하는 일은 그래서 중요하다.

철학자 에마뉘엘 레비나스는 타자를 내 방식대로 이해하거나 소유하는 행위를 '전체주의적 폭력'이라 규정하며 경계했다. 그에게 진정한 윤리란 타자를 나와 완전히 다른 독립된 존재로 인정하고, 그 '타자성'의 문턱 앞에서 경건하게 멈춰 서는 것이다.

관계에서의 진정한 사랑은 상대를 내 마음대로 주무르는 것이 아니라 상대가 온전히 상대다울 수 있도록 기꺼이 '거리를 선물하는 행위'여야 한다.

안타깝게도 나이 들수록 부부 관계나 자녀와의 관계에서 갈등이 깊어지는 이유는 대개 이 정다운 거리를 잊어버리기 때문이다. 나의 경험이 유일한 정답이라 믿고 자녀의 삶에 깊숙이 개입하거나, 배우자의 일거수일투족을 통제하려 드는 일은 마치 정원의 꽃들을 빽빽하게 심어 질식시키는 일과 같다.

나무들이 서로의 수관(樹冠)을 건드리지 않으며 하늘의 조각들을 나누어 갖듯, 우리도 사랑하는 이들에게 숨 쉴

여백을 허락해야 한다. 그 빈 공간이야말로 사랑이 비로소
향기를 낼 유일한 통로다.

　꽃은 홀로 피어나지만, 그 곁에 남겨진 빈 공간 덕분에
비로소 그 아름다움이 선명해진다. 당신의 사랑 또한 상대
의 자리를 비워두는 절제 속에서 완성될 것이다.

　　　　　　　　　　　　　　　식물이 전하는 철학들

당신은 지금 사랑이라는 이름으로 소중한
누군가의 숨통을 조이고 있지는 않나요?

당신이 어렵게 선물한 그 '거리'가
사실은 상대방을 가장 자유롭고 아름답게 꽃피우게
하는 최고의 비료임을 알고 있습니까?

20

마르셀처럼 돌보는
마음을 갖는 법

○ ● ○

"식물은 결코 정원사의 조급함에
 속도를 맞추지 않는다."

식물을 가꾸며 가장 애타는 순간은 정성껏 심은 꽃이 이유 없이 시름시름 앓을 때다. 초보 정원사 시절, 나는 그런 식물을 보면 마음이 급해져 즉시 영양제를 꽂아주고 물을 퍼부으며 식물의 회복을 독촉하곤 했다.

연구실에서 식물의 대사 활동을 시간 단위로 쪼개어 분석하던 오랜 습관이 남아, 눈에 보이는 즉각적인 성과를 바랐다. 하지만 과도한 돌봄은 대개 처참한 역효과를 불러온다. 뿌리가 상해 숨 가빠하는 식물에게 물을 퍼붓는 일은 질식사를 재촉하고, 고농도의 비료는 약해진 세포를 태워버리는 독이 된다.

식물에게는 기술자의 화려한 처방이 아니라 스스로 치유되도록 묵묵히 지켜보는 시간이 필요하다.

식물은 물이 부족해지면 곧장 자신만의 방식으로 신호를 보낸다. 생장점이 고개를 숙이고 생기 넘치던 잎이 처지면 체내 수분이 임계치에 도달했다는 긴급한 외침이다. 숙련된 정원사는 이 찰나의 순간을 놓치지 않는다. 땅이 마르고 식물의 수분이 부족해지는 시기, 이른바 '초기 위조점Initial wilting point' 상태에서 물을 공급하면, 식물의 통로인 도관은 놀라운 복원력으로 금세 생기를 되찾기 때문이다.

이때 식물은 잎 1그램을 생산하기 위해 필요한 물의 양인 '요수량Transpiration ratio'을 조절하며 사투를 벌인다. 잎이 넓은 식물은 요수량이 많아 가뭄에 취약하지만, 잎을 좁히거나 부처손처럼 몸을 둥글게 말아 견디는 식물은 그 결핍을 기어이 이겨내고 만다.

식물은 결코 정원사의 조급함에 속도를 맞추지 않는다. 그들은 오직 자신만의 생체 시계에 따라 회복의 길을 걷는다.

이러한 기다림의 태도는 존재를 대하는 우리의 근본적인 시선과 맞닿아 있다.

식물이 전하는 철학들

실존주의 철학자 가브리엘 마르셀Gabriel Marcel은 세상을 '소유Having'와 '존재Being'의 영역으로 구분했다. 상대를 내가 통제하고 다루어야 할 물건(소유)으로 볼 때 우리의 마음은 조급함과 욕심으로 얼룩지지만, 상대를 그 자체의 고유한 생명력을 가진 인격(존재)으로 바라볼 때 비로소 진정한 기다림이 시작된다.

돌봄의 본질은 상대에게 무언가를 끊임없이 '해주는 것'에 있지 않다. 본질은 상대가 스스로 일어설 힘이 내면에 있다는 사실을 믿고, 그 힘이 차오를 때까지 그저 곁을 '지켜주는 것'이다.

우리는 사회나 가정에서 끊임없이 '쓸모 있는 사람임'을 증명해야 한다는 강박에 시달리곤 한다. 무언가 조언을 해주고, 문제를 해결해주어야만 제 역할을 다한다는 착각에 빠진다.

하지만 때로는 아무것도 하지 않은 채 곁에 머무르고, 상대의 마음속 상처가 아물 때까지 침묵하며 기다려주는 것이 가장 고귀한 돌봄의 형태가 된다. 내가 꽃담원의 시든 꽃이 며칠 밤 동안 이슬을 맞을 때, 영양소를 투입시키지 않고 스스로 고개를 들 때까지 지켜보듯 말이다.

지혜로운 정원사는 날카로운 가위를 들 때보다 차분히 손을 주머니에 넣고 식물의 자람을 지켜볼 때 더 큰 일을 해낸다.

상대를 존중하는 일은 사랑의 가장 높은 단계다. 내가 건네는 성급한 도움이 상대의 자생력을 꺾는 것은 아닌지 늘 경계해야 한다. 묵묵히 곁을 지키는 정다운 기다림이야말로, 한 생명이 다시 꽃피우기 위해 필요한 가장 따뜻한 햇살이다.

　　　　식물이 전하는 철학들

당신은 지금 누군가를 돕는다는 명목으로,

그가 스스로 일어서야 할

'회복의 시간'을 가로막지는 않나요?

당신의 조급함을 사랑으로 포장하는 대신,

묵묵히 그 곁을 지켜주는 기다림으로

연습할 의향이 있습니까?

21

쇼펜하우어처럼 내면을
점검하는 법

○ ● ○

"가장 깊은 곳에 닿아본 뿌리만이

가장 높은 하늘을 우러를 수 있다."

연구자 시절, 나의 모든 관심은 주로 '지상부Top'에 머물러 있었다. 식물이 얼마나 빨리 자라는지, 꽃은 몇 송이나 피우는지, 잎의 색은 얼마나 선명한지가 연구의 주된 평가 기준이었다.

훗날, 정원을 직접 가꾸며 흙바닥에 무릎을 꿇고서야 '지하부Root', 즉 뿌리의 절대적인 중요성을 뼈저리게 깨달았다. 가뭄이 닥치거나 거센 태풍이 불어올 때 끝까지 살아남는 나무는 잎이 무성한 나무가 아니었다. 보이지 않는 땅속에서 자신의 키보다 몇 배나 더 넓고 깊게 뿌리를 뻗어 내린 나무들이었다.

식물학에는 지상부와 지하부의 무게 비율을 나타내는 'T/R율Top/Root ratio'이라는 지표가 있다. 이 황금비가 깨져 지상부만 기형적으로 비대해진 식물은 작은 바람에도 속절없이 꺾이고 만다.

현대 사회는 우리에게 끊임없이 지상부를 키우기를 종용한다. 직함, 연봉, 아파트 평수 같은 가시적인 성과가 곧 존재의 가치인 양 떠들어댄다. 하지만 은퇴라는 거센 바람이 불어올 때, 우리가 평생 가꿔온 그 화려한 지상부는 아무런 보호막이 되어주지 못한다.

오히려 비대해진 지상부는 공기 저항만을 높여 우리를 더 쉽게 쓰러뜨리는 원인이 될 뿐이다. 이때 우리를 지탱하는 진짜 힘은 평생 보이지 않는 곳에서 묵묵히 닦아온 지하부(뿌리), 즉 내면의 성찰과 인문학적 깊이, 소박한 일상을 지탱하는 마음의 근육에서 나온다.

언젠가 광릉 국립수목원을 방문했을 때의 기억이 선명하다. 키가 20미터 이상 훤칠하게 자란 전나무들이 태풍에 허무하게 넘어져 있는 광경을 보았다. 원인을 들여다보니 뿌리 상태가 매우 빈약했다.

나무가 자란 곳이 물길과 연결되어 늘 습기가 많다 보니, 뿌리가 굳이 물을 찾아 땅속 깊이 내려갈 이유가 없었던 것

　　　　　　　　　　　　　식물이 전하는 철학들

이다. 편안한 환경에서 위로만 자라난 허우대가 위기 앞에서 얼마나 무력한지를 깊게 깨닫는 계기가 되었다.

철학자 아르투어 쇼펜하우어 Arthur Schopenhauer는 "인간은 자신이 가진 것보다, 자신의 존재 자체에 의해 행복해진다"라고 말했다. 외적인 소유물은 바람에 흩날리는 잎사귀와 같지만, 내면의 풍요는 땅속 깊이 박힌 뿌리와 같아서 누구도 쉽게 앗아갈 수 없다.

식물들은 지상부의 확장을 잠시 멈추고, 지하부의 내실을 기하는 것이다. 식물들은 밖으로 향하던 시선을 안으로 돌려, 영혼의 뿌리가 과연 단단한지 점검하라고 몸소 우리에게 보여준다.

나무들은 겨울 내내 잎 한 장 내지 않고 오직 뿌리를 충실히 하는 데만 집중한다. 그 고요하고 치열한 투쟁이 있기에 비로소 찬란한 봄날의 개화가 가능한 것이다.

삶의 철학도 이와 다르지 않다. 당신의 '뿌리'는 지금 어떤 모양인지 살펴보라. 보이지 않는 곳에서 당신을 지탱해

온 그 단단한 내면의 힘이, 당신이 마주할 남은 생의 품격을 결정할 것이다.

가장 깊은 곳에 닿아본 뿌리만이 가장 높은 하늘을 우러를 수 있다. 당신의 뿌리가 대지의 침묵을 뚫고 깊어질수록, 당신의 삶은 어떤 폭풍 속에서도 흔들리지 않는 평온함을 선물받을 것이다.

당신은 지금 보이지 않는 뿌리를 돌보고 있나요,
금세 시들 잎사귀를 위해 애쓰고 있나요?

삶을 지탱하는 힘은 화려한 명함에 있나요,
고요한 내면에 있나요?

22

노자처럼 유연함을
배우는 법

○ ● ○

“우월함은 타인과의 비교에서 오지만,
적합함은 자신과의 화해에서 온다.”

연구소의 온실에서는 늘 '우수한 품종'을 만들어내는 일이 지상 과제였다. 병충해에 강하고 꽃이 크며 색이 선명한 계통을 골라 새로운 품종으로 보급하는 일이 우리의 주요 임무였다.

그러나 정교하게 통제된 실험실의 왕이었던 우수 품종들을 정원의 거친 흙에 심어 보니 의외의 결과가 나타났다. 최적의 조건에서만 빛나던 식물들은 정원의 변덕스러운 날씨와 척박한 토양 앞에서는 맥을 못 추고 쓰러졌다.

반면, 잡초라 불리며 구박받던 풀들은 그 환경에 가장 적합한 몸 구조와 생리 리듬을 갖추고 당당히 군락을 이루었다. 자연계에서 생존의 열쇠는 절대적인 '우월함'이 아니라 주변과의 '적합함'에 있었던 것이다.

이러한 적합함의 지혜는 계절의 변화 속에서 더욱 선명

하게 드러난다.

3월이 되면 대지를 청색 잉크로 수놓는 봄까치꽃과 광대나물이 분홍색 입술을 수줍게 내민다. 특히, 자주색 꽃의 우아함을 뽐내는 자주광대나물은 정원사에게는 골칫거리일지 모르나 생태적으로는 완벽한 승자들이다.

4월이면 반 그늘진 곳에서 맹렬하게 솟아오르는 쇠뜨기들 또한 마찬가지다. 이들은 특정 시기에 집중적으로 피어났다가, 자신의 소임이 끝나면 미련 없이 자취를 감추는 일년생 풀들이다. 오직 그 시기의 온도와 습도에 최적화된 생존 전략을 펼치는, 말 그대로 그 계절의 주인공들이다.

많은 이들이 찰스 다윈의 '적자생존'을 강한 자가 약한 자를 지배하는 냉혹한 약육강식의 논리로 오해하곤 한다. 그러나 다윈이 정의한 '가장 적합한 자'는 결코 '가장 힘이 센 자'를 의미하지 않는다. 그것은 변화하는 환경의 결을 가장 잘 읽고 그에 맞춰 자신을 변모시킬 줄 아는 존재를 뜻한다.

수분이 부족한 사막에서는 잎을 가시로 바꾼 선인장이

     식물이 전하는 철학들

적합자이고, 찬바람이 휘몰아치는 고산 지대에서는 바닥에 바짝 엎드린 이끼나 건조하면 스스로 돌돌 말아 자신을 지키는 부처손이 적합자이다.

절대적인 우월함이란 인간이 만든 환상일 뿐, 존재의 진정한 가치는 오직 '어디에, 어떻게 어울려 사느냐'에 달려 있다.

노자의 《도덕경》에 나오는 '상선약수(上善若水)'의 지혜는 바로 이 최고의 적합함을 상징한다. 물은 결코 자신의 강함을 과시하며 단단한 바위와 정면으로 싸우지 않는다. 그저 지형에 맞춰 자신의 모양을 부드럽게 바꾸고, 항상 낮은 곳을 찾아 흐르며 만물을 적실 뿐이다.

하지만 그 유연한 적합함이 결국 수만 년의 세월 끝에 바위를 뚫고 대지를 바꾼다. 우리 삶도 이와 다르지 않다. 남보다 더 똑똑하고 강력해지려는 '우월함의 경쟁'은 결국 스스로를 고립된 섬으로 만든다. 반면에 내가 처한 환경과 이웃에게 나를 맞추려는 '적합함의 노력'은 우리를 풍요로운 숲의 일원으로 받아들여지게 한다.

살면서 우리가 겪는 깊은 상실감은 대개 '과거의 우월함'을 내려놓지 못하는 데서 기인한다. 예전의 직위와 대우라는 잣대로 현재를 평가하니, 정원의 작은 풀꽃처럼 소박해진 지금의 일상이 초라해 보일 뿐이다.

이제는 질문의 방향을 틀어야 한다. '나는 과거에 얼마나 잘나갔는가'가 아니라 '나는 지금 이 환경에 얼마나 부드럽게 스며들고 있는가'로 말이다.

꽃담원의 작은 풀꽃들처럼, 내게 주어진 오늘의 햇빛과 흙에 감사하며 그에 맞는 정다운 모습으로 살아가는 것. 그것이 인생이라는 거대한 정원에서 끝내 품격을 잃지 않은 자이다.

우월함은 타인과의 비교에서 오지만, 적합함은 자신과의 화해에서 온다. 당신이 서 있는 그 자리가 가장 빛나는 무대가 될 수 있는 이유는 당신이 최고라서가 아니다. 당신이 그 자리에 가장 잘 어울리는 사람이기 때문이다.

 식물이 전하는 철학들

당신은 아직도 '일등'이라는 화려한 명패가 있어야만

가치 있는 존재라고 믿나요?

지금 서 있는 자리에서, 가장 낮은 자세로 주변과 어우러지는

'적합함의 아름다움'을 발견할 마음이 있나요?

23

한병철처럼 멈춰 설
용기를 내는 법

○ ● ○

"때로는 자신의 취약함을 온전히 드러내고
멈춰 설 줄 알아야 한다."

정원 일을 배우는 초보자들은 식물을 하루라도 빨리 키우고 싶은 조급함에 질소 비료를 과하게 주곤 한다. 그러면 식물은 기다렸다는 듯 무서운 속도로 잎을 키워낸다. 겉보기에는 아주 건강하고 풍성해 보인다.

하지만 전문가의 안목으로 들여다보면 그것은 재앙의 서막이다. 이를 '도장(徒長)'또는 '웃자람'이라 부르는데, 이렇게 되면 세포벽은 종잇장처럼 얇아지고 조직은 물러져 작은 해충의 공격에도 속수무책으로 무너진다.

억지로 부풀려진 강함은 사실 가장 취약한 상태다. 식물의 진정한 생명력은 밖으로 팽창하려는 욕망이 아니라 안으로 조직을 치밀하게 다지려는 내실에서 나오기 때문이다.

이런 현상은 농촌의 들판에서도 흔히 목격된다. 어떤 농부는 수확량을 늘리려는 욕심에 논에 비료를 듬뿍 뿌린다. 비료를 과하게 먹은 벼의 잎과 줄기는 눈이 시릴 정도로 짙은 녹색을 띠며 비정상적으로 자라난다. 외관은 풍성해 보일지 모르나 내부 조직은 성글고 연약해진다. 가벼운 태풍에도 맥없이 쓰러지고 도열병, 잎집무늬마름병 같은 병마에 쉽게 점령당하고 만다. 결국 '다수확'이라는 눈앞의 욕심이 생태계 전체의 균형을 깨뜨리고, 쌀의 질마저 현저히 떨어뜨리는 결과를 초래한다.

우리 사회 역시 우리에게 끊임없이 '더 강해져야 한다'라고 채찍질한다. 자기계발이라는 이름의 고농축 비료를 쉼 없이 들이부으며, 잠시도 성장을 멈추지 말라고 강요한다. 하지만 그 결과는 참담하다. 겉은 화려한 스펙으로 무장했을지 모르나, 속은 텅 빈 '번아웃 Burnout'상태로 전락하고 만다.

과도한 경쟁과 강박적인 성취욕은 우리 영혼의 세포벽을 얇게 만들고, 작은 시련에도 유리그릇처럼 깨져버리는 유약한 인간을 만든다. 식물이 과한 비료의 독성에 뿌리가 타들어 가듯, 우리의 생명력 또한 과도한 욕망의 과부하로 검게 타들어 가고 만다.

철학자 한병철은 그의 저서 《피로사회》에서 현대인을 '스스로를 착취하는 가해자인 동시에 피해자'라고 날카롭게 진단했다. 우리는 타인의 강요가 아니라 스스로의 욕망에 등 떠밀려 벼랑 끝으로 자진해서 달려간다. 이때 우리에게 절실한 것은 더 강한 자극이 아니다. '아무것도 하지 않을 권리'와 '기꺼이 약해질 수 있는 자유'다.

만약 은퇴를 했다면 이 광기 어린 무한 경쟁의 궤도에서 내려갈 수 있는 축복 같은 기회다. 더 이상 강해질 필요가 없다는 엄연한 사실을 받아들일 때, 비로소 진정한 회복이 일어난다. 억지로 부풀렸던 잎사귀들을 과감히 털어내고, 작지만 단단한 본래의 자아로 돌아가는 것. 그때 비로소 우리는 어떤 풍파에도 흔들리지 않는 진짜 '강함'을 얻게 된다. 생명의 본질은 무한한 팽창이 아니라 건강한 순환에 있기 때문이다.

나무들이 겨울이면 모든 성장을 단호히 멈추고 앙상한 몰골로 추위를 견뎌내듯, 우리도 때로는 자신의 취약함을 온전히 드러내고 멈춰 설 줄 알아야 한다.

과도한 성장은 때로 죽음의 다른 이름이다. 당신의 영혼이 비명을 지르기 전에, 비료 주머니를 내려놓고 스스로에게 고요한 휴식을 허락해야 한다.

당신은 지금 '더 잘해야 한다'라는 강박에

눈이 멀어, 정작 당신의 소중한 생명력을

스스로 갉아먹지는 않나요?

연약함을 있는 그대로 껴안을 때,

비로소 당신 안에 새로운 치유의 힘이 차오른다는

사실을 믿나요?

24

아도르노처럼 삶을
아름답게 만드는 법

○ ● ○

"진정한 아름다움은 가장 치열한 삶의 현장에서

비로소 피어난다."

가을 단풍이 절정에 달하면 사람들은 그 찬란한 빛깔에 감탄하며 연신 카메라 셔터를 누른다. 그러나 식물학자의 눈에 비친 단풍은 결코 한가로운 자연의 유희나 장식이 아니다. 그것은 식물이 혹독한 겨울을 나기 위해 잎과의 연결 통로를 스스로 차단하고, 마지막 남은 귀한 영양분을 줄기로 필사적으로 되돌려보내는 처절한 생존이다.

꽃의 화려한 색채와 진한 향기 역시 인간의 유흥을 위한 것이 아니다. 멸절의 위기를 피하고 종의 맥을 잇기 위해 매개자를 부르는, 가장 뜨거운 '존재의 외침'이다.

이러한 생존의 미학은 산수국의 생태에서 극명하게 드러난다. 산수국은 본래의 꽃이 워낙 작고 보잘것없어 곤충의 눈에 띄기 어렵다. 생물학적으로는 암술과 수술을 모두 갖춘 완전화Complete flower에 가깝지만, 수분이 불확실해

생존이 위태롭다.

결국 산수국은 꽃차례(꽃이 줄기나 가지에 붙어 있는 상태) 주변에 큼직하고 화려한 가짜 꽃(헛꽃)을 만들어 수분 매개자를 유혹하도록 진화해왔다. 자신을 아름답게 위장해서라도 기어이 생을 이어가겠다는 이 눈물겨운 전략은, 아름다움이 곧 생존과 직결된 도구임을 증명한다.

우리는 흔히 아름다움을 삶의 여유가 생겼을 때나 곁에 두는 장식품 정도로 여기곤 한다. 하지만 진정한 아름다움은 가장 치열한 삶의 현장에서 비로소 피어난다.

독일의 철학자 테오도르 아도르노Theodor Adorno는 "예술은 본질적으로 구원이다"라고 말했다. 삶의 고통과 모순을 외면하지 않고 도리어 미적 형상으로 승화시킬 때, 인간은 비로소 절망의 늪을 건너갈 힘을 얻는다는 뜻이다.

정원의 꽃들이 혹독한 가뭄과 비바람을 뚫고 기어이 꽃망울을 터뜨리듯, 진정한 아름다움 또한 세월의 풍파를 온몸으로 견뎌내며 빚어진 삶의 궤적에서 우러나온다.

                      식물이 전하는 철학들

살면서 우리가 지향해야 할 아름다움은 매끄러운 피부나 화려한 치장이 아니다. 깊은 고통을 통과한 사람의 고요한 미소, 뼈아픈 실패를 딛고 일어선 자의 단단한 눈빛이다. 타인의 상처를 제 것처럼 어루만질 줄 아는 넉넉한 품에서 아름다움이 새어나온다.

가을 산의 단풍이 푸른 여름 잎보다 더 깊은 울림을 주는 이유는 그 붉은 빛 안에 여름의 폭염과 가을의 서리를 묵묵히 견뎌낸 '시간의 밀도'가 깃들었기 때문이다. 나이 든 사람의 아름다움은 꾸며낸 장식이 아니라 그가 살아온 생애가 한눈에 보이는 가장 정직한 보고서다.

정원을 한 바퀴 돌며 나는 매일 배운다. 아름다워 보이려고 애쓰는 존재는 공허하지만, 주어진 삶의 무게를 짊어지는 존재는 저절로 눈부시게 아름다워진다는 사실을.

굽은 등과 거친 손마디, 눈가에 깊게 패인 주름은 당신이 이 생을 얼마나 치열하고 뜨겁게 사랑해왔는지 증명하는 단 하나의 고귀한 예술작품이다. 이제 그 주름을 부끄러움이 아닌 자부심으로 품고, 당신만의 가장 찬란한 가을

빛을 발할 때다.

고통이 빚어낸 색채만큼 깊은 것은 없다. 당신의 삶에서 새어나오는 이 찬란한 비명은, 지금 누군가에게는 다시 일어설 수 있는 가장 위대한 위로로 다가올 것이다.

식물이 전하는 철학들

당신은 지금 세월이 선물한 주름을 감추고 싶은가요,

아니면 그 주름마다 새겨진 당신의 서사를 사랑하나요?

당신이 통과한 그 고통의 계절들이 지금 당신을 가장 아름다운

단풍으로 물들인다는 사실을 알고 있나요?

잉태의 순간

"우리는 조화라는 가면 뒤에 숨겨진

치열한 생존의 질서를 목격했습니다.

나만의 적합함을 찾고, 타인과 정다운 거리를 두며,

보이지 않는 내면의 뿌리를 내리는 법을 배웠습니다.

이제 정원의 해는 뉘엿뉘엿 저물고,

우리는 마무리해야 하는 낯선 계절 앞에 서 있습니다.

사회적 역할이라는 잎사귀가 떨어지고,

화려했던 성취라는 꽃이 질 때,

많은 이들은 이를 소멸이라 부르며 두려워합니다.

하지만 정원사의 시간표에서 '끝'은 언제나

'다음'을 품은 잉태의 순간입니다.

이제 우리는 삶의 마지막 장에서 결실을 배웁니다.

은퇴는 마침표가 아니라 더 큰 생명을 향한 쉼표이며,

비움은 결핍이 아니라 본질을 채우는 행위임을 말입니다.

완성이 아니라 '이어짐'으로서의 생,

그 경이로운 순환의 정원으로 당신을 초대합니다."

식물의 성숙

25

니체처럼 본질을
다지는 법

○ ● ○

“은퇴는 소멸이 아니라 당신이 가진 에너지를
가장 효율적으로 재배치하는
‘생의 최적화’ 과정이다.”

저녁노을이 드리우면 정원은 낮의 소란함을 지우고 엄숙한 의식을 시작한다. 화려했던 봄날의 벚꽃이 눈처럼 흩날리거나, 초여름의 동백이 붉은 꽃송이를 통째로 툭 하고 땅바닥에 내려놓는다.

많은 이들이 이러한 장면을 보면 '상실'이나 '슬픔'을 떠올리곤 한다. 발길따라 뒹구는 꽃잎은 마치 시들어버린 꿈이나 속절없이 잃어버린 젊음처럼 보이기 때문이다.

하지만 정원사의 시선으로 가만히 그 낙화의 소리에 귀 기울여보면 그것은 비명이 아니다. 바로, 하나의 생애가 도달할 수 있는 가장 명징한 '완성의 선언'이다.

나는 이 현상을 '이층Abscission layer 형성'이라는 생리적 과정으로 설명하곤 한다. 이층은 잎이나 열매를 스스로 떨어뜨리기 위해 만드는 '분리층'을 말한다.

식물은 계절의 변화를 감지하면 가지와 꽃잎 또는 잎자루 사이에 특수한 세포층을 만든다. 수분과 양분의 통로를 스스로 차단하는 이 과정은 얼핏 보면 스스로를 해치는 자해처럼 보이지만, 사실은 식물 전체의 생존을 위한 고도의 '리셋Reset' 전략이다. 화려한 꽃잎을 유지하는 데 드는 막대한 에너지를 회수하여, 씨앗을 빚는 본질적인 작업으로 돌리는 결단이다.

만약 꽃이 제때 지지 않는다면 식물은 에너지를 모두 소진하여 다가올 겨울을 나지 못하고 결국 고사하고 말 것이다. 즉, 낙화는 생존을 위한 용기 있는 끊어냄이다.

동백은 꽃이 가장 온전하고 빛날 때 통꽃으로 땅에 떨어진다. 반면 수국은 꽃을 매단 채 서서히 말라가며 빛을 잃어간다.

정원사로서 나는 동백의 낙화에서 더 큰 경외감을 느낀다. 자신의 아름다움이 정점에 달했을 때, 다음 세대를 위해 기꺼이 자리를 내어주는 그 단호한 결단은 가히 본받을 만하다.

　　　　　　　　　　　식물이 전하는 철학들

은퇴 또한 이와 같다. 사회적 역할이라는 꽃잎이 가장 화려할 때나 그 소임을 다했을 때 스스로 물러난다면, 그 것은 패배가 아니라 생의 다음 단계를 향한 위대한 전진이 다. 꽃잎을 버려야만 비로소 열매의 자리가 생기듯, 우리 도 사회적 직함을 내려놓아야만 비로소 '진짜 나'라는 열 매를 키울 공간을 얻게 된다.

프리드리히 니체는 '자신의 운명을 사랑하라Amor Fati' 라고 설파했다. 이는 단순히 주어진 상황을 향한 굴복이 아 니다. 필연적인 변화를 적극적으로 수용하고 그 안에서 새 로운 창조적 에너지를 발견하는 태도다.

은퇴를 맞이한 사람에게 낙화는 운명에 대한 능동적 긍 정이다. 30년 넘게 일궈온 경력이 끝이 아니라 그 경험을 '사회적 자아'에서 '개인적 자아'로 바꾸는 것뿐이다. 우리 는 이제 타인의 눈을 즐겁게 하던 꽃의 시기를 지나, 나 자 신의 본질을 다지는 깊은 숙성의 시기로 진입하고 있다.

은퇴는 소멸이 아니라 당신이 가진 에너지를 가장 효

율적으로 재배치하는 '생의 최적화' 과정이다. 당신은 이미 충분히 꽃피웠고, 그 과정에서 무수한 경험과 지혜를 축적했다. 이제 그 무거운 화려함을 털어내고 가벼워져도 좋다.

낙화한 꽃잎이 땅을 적시고 거름이 되듯, 당신의 은퇴는 당신의 남은 인생을 가장 비옥하게 만드는 밑거름이 될 것이다. 당신은 이제 비로소 누구의 시선에도 구애받지 않고, 당신이라는 나무의 가장 깊은 속살을 들여다볼 '인생의 황금기'에 들어선 것이다.

떠날 때를 알고 떠나는 꽃의 뒷모습은 추하지 않다. 오히려 그 단호한 뒷모습 속에 다음 계절을 기약하는 가장 뜨거운 생명력이 숨어 있다.

   식물이 전하는 철학들

당신은 지금 떨어지는 꽃잎을 보며 '상실'을 느낍니까,
아니면 새로운 열매를 맺을 '완성'을 예감합니까?

당신이 기꺼이 내려놓아야 할 '낡은 꽃잎'은 무엇이며,
그 빈자리에 어떤 새로운 씨앗을 심고 싶으신가요?

26

에릭슨처럼 시간을
견디는 법

○ ● ○

"꽃은 져도 그 이름은
씨앗 속에 영원히 흐른다."

꽃이 지고 난 뒤의 늦가을 정원은 얼핏 황량해 보인다. 화려했던 색채는 간데없고 마른 갈색의 꼬투리들이 찬바람에 흔들린다.

하지만 그 마른 껍질 안을 들여다본 정원사라면 경외감이 들 것이다. 손톱보다 작은 씨앗들이 그 안에 빼곡히 들어차 있기 때문이다. 꽃은 사라지지 않고, 씨앗이라는 가장 단단하고 농밀한 형태로 자신의 존재를 '압축'한다. 정원의 가을은 그렇게 수만 가지의 생애가 씨앗 속에 기록되는 거대한 도서관이 된다.

식물학에서 씨앗은 단순한 번식의 도구가 아니다. 그것은 '시간을 견디는 생명' 그 자체다. 씨앗의 단단한 껍질 안에는 장차 거목이 될 배아와 그 성장을 지탱할 영양분인

배유가 정교하게 들어 있다.

무엇보다 놀라운 것은 씨앗 속에 담긴 DNA 정보다. 거기에는 조상 대대로 겪어온 기후의 변화, 해충의 습격에 대응하는 법, 최적의 발아 시기를 결정하는 데이터가 기록되어 있다. 식물은 죽음을 앞두고 자신의 모든 경험과 기억을 이 작은 씨앗에 저장한다. 씨앗은 곧 식물의 '전 생애에 걸친 농축된 보고서'이며, 자신이 살아온 모든 환경적 압박을 새긴 결정체다.

우리 인생도 이와 같다. 우리가 겪은 수많은 시행착오와 성공의 기억은 허공으로 흩어지지 않는다. '지혜'라는 이름의 씨앗으로 우리 내면에 정교하게 각인될 뿐이다.

구절초를 보라. 늦가을, 꽃이 지고 나면 꼬투리에 작은 씨앗들이 남는다. 이 씨앗들은 겨울의 혹독한 추위를 몸소 겪어야만 비로소 이듬해 봄에 싹을 틔운다. 식물학에서는 이를 '종자춘화Seed vernalization' 처리라 부른다. 종자춘화는 씨앗(종자)에 저온 처리를 해서 꽃이 빨리 피도록 만드는 과정이다.

 식물이 전하는 철학들

정원사로 살며 나는 씨앗이 그토록 단단한 이유는 그 안에 기어이 견뎌내야 할 시간이 담겨 있기 때문임을 깨닫는다.

우리의 내면도 이 구절초 씨앗과 닮아 있다. 사는 동안 우리가 맞았던 모진 비바람과 뜨거운 햇살은 우리를 단순히 나이 들게 한 것이 아니라 어떤 시련에도 부서지지 않는 단단한 '삶의 종자'를 빚어내게 했다.

심리학자 에릭 에릭슨Erik Erikson은 인생 마지막 단계의 과업을 '자아 통합Integrity'이라 정의했다. 이는 자신이 살아온 생을 후회 없이 받아들이고, 흩어진 삶의 조각들을 하나의 의미로 엮어내는 과정이다. 이것이 바로 인생의 '씨앗'을 만드는 작업이다. 내면의 경험들을 통합하여 '나만의 고유한 씨앗'을 완성하는 시간이 우리에게는 필요하다.

우리도 씨앗처럼 가벼운 지식과는 비교할 수 없는 지혜의 무게와 생명력을 지닐 때, 삶에서의 진정한 축복이 시작된다.

당신의 내면에는 살아온 세월만큼 응축된, 세상 그 어디에도 없는 유일한 씨앗이 들어 있다. 이제 그 씨앗을 꺼내어 당신의 진정한 정원에 심을 수 있는 절호의 기회다.

지금까지 타인의 정원을 가꾸기 위해 에너지를 쏟았다면, 이제는 당신만의 씨앗에서 싹을 틔울 '인생의 황금기'를 누리자. 당신이 세상에 남길 진정한 유산은 돈이나 명예가 아니라 당신의 씨앗 속에 담긴 단단한 삶의 태도와 지혜 그 자체다.

꽃은 져도 그 이름은 씨앗 속에 영원히 흐른다. 당신의 생애가 빚어낸 그 단단한 씨앗은 다음 세대의 숲을 일구는 가장 고귀한 시작이 될 것이다.

당신이 살아온 세월이 응축된 '지혜의 씨앗'에는

지금 어떤 이름이 붙어 있습니까?

당신이 사라진 뒤에도 누군가의 가슴속에서

다시 눈부시게 피어날 '생의 암호'는 무엇인가요?

27

하이데거처럼 지혜를
발견하는 법

○ ● ○

"겨울이 깊을수록 봄은
그 안에서 더 뜨겁게 준비된다."

한겨울의 정원은 적막 그 자체다. 화려했던 장미 넝쿨도, 기세 좋게 뻗어나가던 담쟁이도 모두 성장을 멈추고 앙상한 뼈대만 남긴다. 초보 정원사들은 이 풍경을 보며 생명이 다했다고 걱정하지만, 숙련된 정원사는 이 적막 속에서 거대한 생명의 숨소리를 듣는다.

이 시기의 정원은 멈춤이 아니라 다가올 봄을 향해 에너지를 응축하는 가장 역동적인 내적 활동 상태이기 때문이다. 겉보기엔 멈춘 듯 보여도, 나무의 속살 안에서는 수액의 농도를 높이고 세포를 단단하게 다지는 치열한 사투가 벌어진다.

'휴면'이라 부르는 이 상태는 단순히 생장이 멈춘 무기력한 상태가 아니다. 식물이 혹독한 환경을 견디고 내부 장기를 보호하기 위해 스스로 선택한 고도의 생존 전략이다. 특히 줄기가 단단한 나무처럼 목질화된 목본식물들은 이 시기에 추위를 잘 버티기 위해 '내한성 Hardiness'을 키우는 데 사력을 다한다.

만약 쉼 없이 자라기만 한다면 세포 속의 수분이 얼어 터져 죽겠지만, '멈춤'을 통해 수분 함량을 조절하고 당분을 축적함으로써 영하의 추위에도 견딜 수 있는 강인함을 얻는다. 식물학적으로 '정지'는 소멸이 아니라, 존재의 밀도를 높이는 '내적 성숙'의 시간이다.

목련은 한겨울 찬바람 속에서도 보송보송한 털옷을 입은 '겨울눈'을 꼭 쥐고 있다. 이 겨울눈은 이미 지난 가을부터 치밀하게 준비된 것이다. 목련은 수개월 동안 아무런 꽃도 잎도 내지 않고 오직 이 눈을 지켜내는 데만 온 에너지를 집중한다.

만약 목련이 조급하게 겨울에 싹을 틔우려 했다면, 봄날의 그 눈부신 개화는 결코 볼 수 없었을 것이다.

철학자 마르틴 하이데거는 "언어는 존재의 집이다"라고

                    식물이 전하는 철학들

말했다. 끊임없는 소음과 생산성의 요구 속에 살던 우리가 마주하는 고요함은, 비로소 자신의 존재 자체와 대면할 수 있는 유일한 통로다.

멈춤을 사회적 실패나 소외로 느낀다면 타인의 시선에 길들여진 탓이다. 하지만 이 침묵의 시간 동안 우리는 비로소 '나는 누구인가', '내가 진정으로 원하는 삶은 무엇인가'라는 근원적인 질문에 답할 수 있는 지혜를 얻게 된다. 이 고요한 침묵 속에서 비로소 나만의 철학으로 발효된다.

잠시 멈춤은 당신이 평생 잊고 살았던 '자기 자신'과 가장 친해질 수 있는 황금 같은 기회다. 그동안 앞만 보고 달리는 경주였다면, 그 경주를 멈추고 트랙 옆에 핀 꽃과 내면의 소리에 귀를 기울일 시간이다.

당신의 앎은 이 멈춤의 시간 동안 비로소 숙성되어, 타인에게는 줄 수 없는 당신만의 독특한 향기를 빚어낼 것이다.

멈춤을 두려워하지 말라. 그것은 당신이 더 높고 단단한 생의 단계로 나아가기 위해 반드시 통과해야 할 '성숙의 필수 과정'이다.

겨울이 깊을수록 봄은 그 안에서 더 뜨겁게 준비된다. 지금 당신의 멈춤은 가장 화려한 봄을 위한 가장 치열한 준비다.

식물이 전하는 철학들

당신은 지금의 멈춤을 '뒤처짐'으로 생각되나요,
아니면 새로운 도약을 위한 '충전'으로 생각되나요?

당신이 이 고요한 침묵의 시간 동안
꼭 한 번 진솔하게 대화해 보고 싶은 '내면의 나'는
지금 어떤 모습인가요?

노자처럼 물러날 시기를
아는 법

○ ● ○

“비워야 채울 수 있고,
멈춰야 비로소 보이기 시작한다.”

찬바람이 불기 시작하면 정원의 나무들은 약속이라도 한 듯 하나둘 잎을 떨어뜨린다. 그토록 공들여 키워온 초록의 잎사귀들을 미련 없이 대지로 돌려보내는 풍경은 처절하면서도 장엄하다.

정원사는 이 낙엽의 바다를 보며 나무가 가진 '무서운 결단력'을 배운다. 나무는 본능적으로 알고 있다. 이미 쓸모를 다한 잎들을 끝까지 붙드는 것이야말로 자신의 생명을 갉아먹는 가장 위험한 욕심이라는 사실을 말이다.

식물학적으로 낙엽은 단순한 폐기가 아니라 '자원의 효율적 재배치'다. 기온이 낮아지고 일조량이 줄어들면 잎은 더 이상 에너지를 생산하지 못하고 오히려 나무의 영양분을 소모만 하는 '비용'이 된다. 이때 나무는 잎과의 연결 부위에 '이층(離層)'을 만들어 영양분 공급을 과감히 차단한다. 그리고 잎에 남아 있던 질소와 인산 같은 소중한 자원을 줄기와 뿌리로 회수한다. 즉, 낙엽은 무언가를 버리는 행위가 아니라 가장 소중한 본체를 지키기 위해 덜 중요한 외피를 내려놓는 '전략적 선택'이다. 제때 멈추고 비우지 못하는 식물은 수분 부족과 냉해를 견디지 못하고 결국 고사하고 만다.

사시사철 푸른 상록수라 해서 멈추지 않는 것은 아니다. 꽃담원의 소나무를 자세히 관찰해 보면 해마다 묵은 잎을 떨어뜨리고 그 자리에 새잎을 맞이한다. 멈춤과 비움은 모든 생명체가 생존하기 위한 철칙이다. 우리에게도 이 '낙엽의 전략'이 절실히 필요하다. 쉼 없이 바빴던 일상, 타인의 인정이라는 화려한 잎사귀들을 제때 내려놓아야 한다. 그것을 억지로 붙들려 할 때, 우리는 삶을 온전히 누리지 못하고 과거의 그림자에 갇혀버리게 된다.

노자는 "공을 이루면 몸을 물러나는 것이 하늘의 도(功遂身退 天之道)"라고 했다. 자연의 순리에 따라 자신의 역할

                            식물이 전하는 철학들

을 다했을 때 기꺼이 물러나는 것이야말로 가장 높은 차원의 지혜라는 뜻이다.

은퇴는 사회적 성취라는 공을 이루고 난 뒤, 이제는 존재 자체의 풍요로움을 향해 나아가는 성숙의 과정이다. 이는 무기력한 은둔이 아니라 불필요한 욕망의 무게를 덜어내고 삶의 본질에 집중하는 무위(無爲)의 적극적 실천이다. 경험은 우리에게 무엇이 본질이고 무엇이 껍데기인지를 가려낼 안목을 선물한다.

사회적 직함과 화려한 역할을 내려놓는다고 해서 인생이 가난해지지 않는다. 도리어 본질적으로 풍요로워지는 문 앞에 서 있게 된다. 무거운 잎사귀를 털어낸 나무가 비로소 겨울 하늘의 별빛을 온전히 받아내듯, 당신도 사회적 가면을 벗어던질 때 비로소 당신 영혼의 민낯과 마주할 수 있다.

그동안 쌓아온 삶의 기술들은 이제 타인을 만족시키는 도구가 아니라 당신 자신을 가장 아름답게 가꾸는 정원사의 가위가 될 것이다. 제때 멈출 줄 아는 당신이야말로 내일의 더 큰 봄을 맞이할 자격이 있는 사람이다.

비워야 채울 수 있고, 멈춰야 비로소 보이기 시작한다. 당신의 낙엽은 끝이 아니라, 가장 단단한 내일을 위한 가장 지혜로운 준비다.

 식물이 전하는 철학들

당신이 지금껏 인생의 무게로 짊어지고 온
'낡은 잎사귀' 중 무엇을 가장 먼저 내려놓아야 할까요?

모든 사회적 명함과 수식어를 벗어던진 뒤에도
여전히 당신 곁에서 빛날 '인생의 본질'은 무엇인가요?

29

장자처럼
나를 비우는 법

○ ● ○

"마음이 비워져야만 비로소
세상의 참된 아름다움과
타인의 진심이 들어올 자리가 생긴다."

한여름 정원 입구의 숲 바닥은 정오에도 어둑어둑하다. 나무들이 제각각 잎사귀를 넓게 펼쳐 햇빛을 단 한 조각이라도 더 차지하려 치열하게 경쟁한 결과다. 그러나 가을이 지나고 나무들이 잎을 다 비우고 나면, 숲에는 경이로운 반전이 일어난다. 하늘을 가렸던 무거운 초록 장막이 사라진 자리로 투명한 겨울 햇살이 숲의 심장부까지 막힘없이 쏟아져 들어온다. 그 빛 덕분에 겨우내 잠들어 있던 들풀들이 숨을 쉬고, 어린 묘목들이 온기를 얻는다. 비움은 단순한 결핍이 아니다. 나를 통해 타인이 빛나게 하는 '초월의 공간'을 만드는 숭고한 일이다.

식물학적으로 이를 '수관층 개방Canopy opening'이라 부른다. 거목들이 잎을 비워내면 숲의 하층부까지 광량이 도달하여 숲 전체의 생물 다양성이 폭발적으로 증가한다. 나무는 잎을 비움으로써 자신의 무게를 줄여 폭설이라는 위기에 대비하는 동시에, 숲 전체의 생태적 건강을 회복시키는 역할을 수행한다.

식물에게 비움은 곧 '상생의 조건'인 셈이다. 자기 안의 수액을 농축하고 겉모양을 간소화하는 이 과정이야말로 생명체가 도달할 수 있는 가장 고귀한 평형 상태라 할 수 있다.

정원의 과실수들은 정원사의 매정한 가위질로 비로소 제 가치를 발휘한다. 아깝다는 이유로 무성한 가지를 그대로 두면 빛이 안쪽까지 들지 않아 속가지는 썩고 열매는 부실해진다. 과감하게 속을 비워 바람과 햇빛 길을 내어주어야 비로소 나무 전체가 건강해진다.

가장 맑은 빛은 가장 텅 빈 곳으로 찾아드는 법이다. 당신이 움켜쥐었던 손을 놓을 때, 당신의 세상은 비로소 무한히 넓어진다.

장자(莊子)는 마음을 비우는 것을 '심재(心齋)'라 불렀고, 빈 방에 햇빛이 가득 찬다는 '허실생백(虛室生白)'의 경지를

　식물이 전하는 철학들

말했다.

우리가 살면서 겪는 상실감은 '나'라는 방을 사회적 성취로 가득 채워야 한다는 강박에서 비롯된다. 하지만 방이 비어 있어야 사람이 머물 수 있듯, 마음이 비워져야만 비로소 세상의 참된 아름다움과 타인의 진심이 들어올 자리가 생긴다. 지금까지의 경험은 나를 증명하는 도구가 아니라 세상을 투명하게 비추는 맑은 거울이 되어야 한다.

'나'라는 좁은 울타리를 허물고 숲 전체로 나를 확장하는 과정이 필요하다. 사회적 직함이라는 잎사귀를 떨구고 나면, 비로소 당신은 누구의 간섭도 받지 않는 온전한 당신으로서 세상과 대화할 수 있다. 갈고닦은 지혜를 숲의 다른 생명들에게 나누어주는 거름으로 만들 필요도 있다.

비워진 마음으로 세상을 바라보자. 그 빈자리야말로 당신 인생에서 가장 눈부신 햇살이 머무는 황금 같은 공간이 될 것이다.

당신의 마음속 방에 가득 차 있는
'버리지 못한 낡은 가구'는 무엇인가요?

당신이 오늘 마음의 창을 투명하게 비워낸다면,
그 자리에 가장 먼저 어떤 풍경을 드리고 싶은가요?

30

레오폴드처럼 공동체를
생각하는 법

○ ● ○

"이제는 세상을 이기는 '기술'이 아니라
세상을 살리는 '다정함'으로 바뀌어야 한다."

꽃담원을 가꾸며 깨달은 가장 큰 진리는 '독불장군 식물은 없다'라는 사실이다. 아무리 귀하고 화려한 꽃이라도 토양 속에 미생물이 죽어 있거나 날아오는 벌과 나비가 사라진다면, 그 꽃은 단 한 계절도 온전히 버티지 못한다.

정원은 울타리 안의 미학에 그치는 것이 아니라 울타리 밖의 숲, 강물 그리고 거대한 기후의 흐름과 맞물려 돌아가는 생명 공동체다. 정원사는 단순히 꽃만 가꾸는 사람이 아니다. 꽃이 살 수 있는 '관계의 망'을 정성껏 보살피는 사람이다.

이런 섭리는 대자연의 깊은 품속에서도 마찬가지로 작동한다. 멸종위기식물로 보호받는 복주머니란이라는 아름다운 꽃이 있다. 많은 야생화 애호가들이 그 자태를 보려 4, 5월이면 고산을 헤매지만 좀처럼 만나기 힘든 귀객이다. 나는 백두산 야생화 트레킹 중에 운 좋게도 이들의 자생지 군락을 만난 경험이 있다. 그러나 기대와 달리 복주머니란은 대군락을 이루지 못한 채 한 포기씩 드문드문 피어 있었다. 그 모습은 무척 애처로웠다.

자연은 독불장군을 그대로 두지 않는다. 나에게 그렇게 고립된 아름다움은 몇 해 지나지 않아 사라질 것만 같은 위태로운 예감을 남길 뿐이다. 자연에서는 홀로 빛나는 화려함보다 주변과 어우러지는 평범함이 생존에는 훨씬 유리한 전략이기 때문이다.

실제로 식물학의 최신 연구들은 나무들이 땅속에서 '균근'이라 불리는 곰팡이 네트워크를 통해 서로 영양분을 나누고 정보를 교환한다는 경이로운 사실을 밝혀냈다. 늙은 나무는 어린 나무에게 자원을 나눠주고, 병든 나무는 주변에 위험 신호를 보낸다. 숲은 개별 나무들의 집합이 아니라 거대한 연대Solidarity의 산물이다. 특히 기후 위기 시대에 식물들이 보여주는 탄소 흡수와 미세 기후 조절 능력은 개별 식물의 생존을 넘어 지구 전체의 생존을 결정짓는 핵

                                    식물이 전하는 철학들

심 고리가 된다.

최근 꽃담원의 나무들도 개화 시기가 들쭉날쭉하다. 예전 같으면 4월에 피어야 할 꽃이 3월에 성급히 피어 냉해를 입기도 한다. 정원사로서 나는 이 뒤틀린 풍경을 보며 깊은 슬픔을 느낀다. 우리의 정원은 이제 개인의 취미를 넘어, 파괴된 생태계를 복원하고 지구의 숨통을 틔워주는 최후의 보루가 되어야 한다.

우리가 정원을 가꾸거나 흙을 만지는 행위는 단순히 소일거리로 보기보다 자연과의 화해를 시도하는 숭고한 윤리적 실천이라고 보는 편이 맞다.

환경 윤리학자 알도 레오폴드Aldo Leopold는 "공동체의 범위를 대지Land까지 확장해야 한다"라는 대지 윤리를 역설했다.

우리는 이제 '선배 시민'으로서 다음 세대에게 어떤 토양을 물려줄 것인가를 깊이 고민해야 한다. 그간의 사회생활 동안 우리가 자연으로부터 빌려 쓴 수많은 자원들을 이제는 정성껏 되돌려주어야 할 시간이다. 나만의 안락을 넘어 지구라는 거대한 정원의 건강을 걱정하는 마음, 그 것이야말로 인간이 도달할 수 있는 가장 품격 있는 성숙 이다.

과거가 나의 성장과 내 가족의 안녕을 위한 치열한 경쟁이었다면, 미래는 모두의 생존을 위한 따뜻한 공존의 시간이 되어야 한다. 당신이 심는 나무 한 그루, 아껴 쓰는 물 한 바가지가 지구의 미래를 바꾸는 소중한 자부심임을 잊지 말자.

이제는 세상을 이기는 '기술'이 아니라 세상을 살리는 '다정함'으로 바뀌어야 한다. 우리가 흙을 사랑하고 생명을 존중할 때, 우리의 삶은 비로소 지속 가능한 축제가 된다.

 식물이 전하는 철학들

당신의 정원은 지금 울타리 안에 멈춰 있습니까,
아니면 울타리 너머의 세상과 연결되었습니까?

당신이 다음 세대에게 물려주고 싶은 가장 비옥한
'정신의 토양'은 무엇인가요?

31

틱닛한처럼 순환의 이치를
깨닫는 법

○ ● ○

"식물학적으로 '분해'는 소멸이 아니라
'원소의 회귀'다."

꽃담원의 가장 깊숙한 구석에는 내가 보물처럼 아끼는 퇴비 더미가 있다. 가을 내내 긁어모은 낙엽, 가지치기하고 남은 잔해들, 시들어버린 꽃줄기들이 켜켜이 쌓여 있는 곳이다. 처음 보는 이들은 그저 쓰레기 더미라 부르겠지만, 정원사인 내게 그것은 거대한 '생명의 용광로'다.

수조 개의 미생물이 달라붙어 죽은 조직을 분해하고 발효시킬 때, 그곳에서는 뜨거운 열기와 함께 향기로운 흙 내음이 솟구친다. 죽음과 부패가 일어나는 그 끝자락에서, 가장 강력한 생명력인 부엽토가 탄생한다.

흥미로운 점은 이 퇴비 더미 속 생명들이 살아 있을 때도 결코 혼자가 아니었다는 사실이다. 정원에서 홀로 살아남는 식물은 거의 없다. 겉으로는 각자 서 있는 듯 보이지만, 땅속에서는 이미 촘촘하게 연결되어 있다. 뿌리는 서로의 빈틈을 피해 깊이를 나누고, 균근과 미생물은 보이지 않는 길을 열어 양분을 교환한다. 심지어 다른 나무의 몸 위에서 살아가는 겨우살이조차 단순한 기생 관계에 머물지 않는다. 스스로 광합성을 하며 숙주와 공존하고, 겨울철 새들에게 귀한 먹이를 내어주며 씨앗을 퍼뜨린다.

이처럼 살아서 '공생의 문법'을 실천하던 식물들은, 죽어서 퇴비 더미에 섞일 때도 서로의 경계를 허물고 하나의 비옥한 흙으로 통합된다. 나 홀로 썩고 끝내지 않고, 숲 전체가 함께 썩어 내일의 숲을 준비한다.

존경받는 지도자였던 틱닛한Thich Nhat Hanh는 "진흙이 없으면 연꽃도 없다"라고 했다. 연꽃이 흙이 되고 그 흙이 또다시 연꽃을 자라게 하는 것이 자연 순환이라는 뜻이다.

식물학적으로 '분해'는 소멸이 아니라 '원소의 회귀'다. 낙엽 속에 갇혀 있던 질소와 인산, 칼륨은 땅으로 돌아가 다시 나무의 뿌리를 키우고 새잎을 돋게 한다. 나무는 자신의 과거를 기꺼이 썩혀 자신의 미래를 키운다.

자신의 삶이 사회적으로 쓸모없어졌다고 느끼며 절망

식물이 전하는 철학들

하는 이들에게, 나는 이 퇴비 더미를 보여주고 싶다. 당신이 겪어온 수많은 실패, 좌절, 상처받은 자존심들은 결코 버려질 쓰레기가 아니다. 그것들은 이제 당신의 내면에서 깊게 발효되어, 당신의 남은 생을 비옥하게 만들고 타인의 성장을 돕는 '인생의 거름'으로 재탄생하고 있다.

실패를 겪어본 정원사만이 시든 꽃의 마음을 알고, 상처 입어본 사람만이 타인의 아픔에 진심 어린 거름이 되어줄 수 있다. 당신이 인생 전반전에서 겪은 그 눅진한 경험들은 이제 가벼운 열정보다 훨씬 더 강력한 생명 에너지를 뿜어낸다.

당신의 과거를 부끄러워하거나 감추지 마라. 그것이 썩고 발효되어 만들어낸 깊은 통찰이야말로, 당신이 앞으로의 인생에서 일궈낼 가장 든든한 밑거름이다. 끝이라 믿었던 그 지점이, 사실은 당신 인생에서 가장 비옥한 시작의 땅이다.

인생의 황금기는 화려한 꽃이 피었을 때가 아니라, 그

꽃이 져서 비옥한 흙으로 변해가는 '성숙의 절정기'에 찾
아온다. 당신이 흘린 눈물과 땀방울이 섞여 만들어진 그
향기로운 흙 위에서, 당신은 이전과는 비교할 수 없이 단
단하고 아름다운 숲을 일궈낼 것이다.

썩는 것을 두려워하지 마라. 그것은 당신이 위대한 생명
의 순환 속으로 온전히 편입되었음을 알리는 가장 축복받
은 의식이다.

당신은 과거를 썩어 없어질 쓰레기로 보나요,

아니면 누군가를 키워낼 비옥한 거름으로 보나요?

당신의 삶이 남긴 이 짙은 흙냄새를

당신은 사랑할 준비가 되었습니까?

32

아우렐리우스처럼
도약하는 법

○ ● ○

"모든 것은 변화 속에서 일어난다는
사실을 늘 바라보라"

드디어 정원의 사계절을 돌아 이 책의 마지막 장에 도달했다. 나는 30년 넘게 식물을 연구하고 흙을 만지며 살아온 정원사이자, 15년째 매일 아침 꽃 이야기를 쓰면서 배움을 이어가는 존재로서, 한 가지 궁극적인 진리와 마주한다. 생명의 순환은 단순히 제자리로 돌아오는 '닫힌 원Circle'이 아니라는 사실이다.

매년 봄, 피어나는 꽃은 작년과 같아 보이지만 그 꽃을 피워낸 나무는 작년보다 한 마디 더 굵어졌고 뿌리는 한 뼘 더 깊어졌다. 생명은 순환할 때마다 이전의 경험을 토대로 조금씩 더 높은 차원으로 진화하는 '상승하는 나선Spiral'의 궤적을 그린다.

정원에서는 '끝'이라는 단어를 거의 쓰지 않는다. 꽃이

지면 사람들은 흔히 한 계절이 끝났다고 말하지만, 정원은 결코 그렇게 받아들이지 않는다. 지는 순간에도 생명은 다른 형태로 이동하고, 역할을 바꾸며, 다음을 준비하기 때문이다. 그래서 정원에서의 끝은 언제나 새로운 순환을 잇는 찬란한 고리일 뿐이다.

꽃이 질 때 우리는 잃어버리는 것에 먼저 눈이 간다. 사라진 색채와 향기, 한때의 화려함 같은 것들이다. 그러나 자세히 들여다보면 꽃이 떠난 자리에 열매가 맺히고, 씨앗은 단단하게 여물어간다. 땅속에서는 뿌리가 더 깊어지고 줄기에는 내년을 위한 눈(芽)이 만들어진다. 보이지 않는 곳에서 생명은 오히려 더 역동적으로 움직인다. 지는 일은 멈춤이 아니라 더 깊은 생명으로의 이동이다.

나는 식물을 돌보며 이 순환의 철학을 온몸으로 배우고 있다. 피어야 할 때 피우고, 물러나야 할 때 물러나며, 남길 것을 남기고 비울 것을 비우는 일, 그 과정을 반복하며 삶은 점점 가벼워졌다. 이제 끝을 두려워하지 않게 되었고, 시작을 조급해하지 않게 되었다. 생명의 순환을 온전히 신

　　　　　　　　　　　　식물이 전하는 철학들

뇌하게 되었기 때문이다.

철학자 마르쿠스 아우렐리우스Marcus Aurelius는 《명상록》에서 "모든 것은 변화 속에서 일어난다는 사실을 늘 바라보라"라고 말했다. 그가 주장했던 스토아 철학과 피고 지는 자연의 순환을 받아들이는 마음은 같은 맥을 이어간다.

지고 또 피는 삶은 특별한 각오를 요구하지 않는다. 다만 '자기 계절'을 인정하는 정직한 태도를 필요로 할 뿐이다. 지금이 피는 때인지, 여무는 때인지 또는 쉬어야 할 때인지 스스로에게 묻는 일. 그 질문에 솔직해질 때 삶은 무리하지 않고 흐른다.

당신의 삶도 마찬가지다. 우리는 단순히 젊은 날의 복사판으로 돌아가는 것도, 그렇다고 쇠퇴의 내리막길로 내려가는 것도 아니다. 우리는 살면서 축적된 방대한 지혜와 앎을 등에 업고, 이전보다 훨씬 더 높은 의식의 층위에서 새로운 순환을 시작하는 중이다. 과거의 내가 생존을 위해 발버둥쳤다면, 지금의 나는 존재의 의미를 향유하며 우아하게 나아가고 있다. 이것은 반복이 아니라 '도약'이며, 노년은 생의 황혼이 아니라 나선형 계단의 가장 높은 전망대에 서는 시간이다.

이제 당신은 인생이라는 거대한 정원의 고용된 일꾼에서, 명실상부한 '주인 정원사Master Gardener'가 되었다. 당신의 손에는 세월이 벼려낸 '통찰'이라는 호미가 들려 있고, 당신의 가슴에는 수많은 삶의 비의(秘意)를 담은 '황금 씨앗'이 들어 있다. 그러니 당신이 써내려갈 앞으로의 인생의 첫 문장은 "이제 다 끝났다"라는 탄식이 아니라, "이제야 진정으로 나다운 생이 시작된다"라는 당당한 선언이어야 한다.

순환은 끝이 아니라, 가장 위대한 시작의 다른 이름이다.

당신은 지금 어떤 나선형의 계단 위에 서 있습니까?

당신의 정원을 가득 채울

그 '마지막 문장'은 무엇입니까?

순환의 시작

"이 책을 읽으며 함께 정원을 거닐어온

현재와 미래의 정원사 님.

우리의 계절은 결코 멈추지 않습니다.

다만 더 깊고, 더 넓고,

더 높은 곳을 향해 부지런히

순환할 뿐입니다.

당신이 사라진 뒤에도 당신의 정원이 누군가에게

영원한 안식처가 되기를 바랍니다.

그리고 당신의 마지막 문장이

세상의 가장 아름다운 씨앗이 되기를

간절히 기도합니다.

당신의 인생 황금기는 바로 지금,

이 책을 덮고 당신만의 정원에 첫 삽을 뜨는

그 순간부터 시작됩니다."

끝은 시작을 위한
완벽한 설계

마지막 마침표를 찍고 나니, 창밖 꽃담원의 저녁노을이 유난히 붉게 타오릅니다. 처음 이 책을 쓰기 시작했을 때는 은퇴 후의 막막함을 달래줄 위로의 말을 찾고 싶었습니다. 하지만 32장의 여정을 거쳐 도달한 지금, 저는 위로 대신 축하를 건네고 싶습니다.

식물학적으로 볼 때, 모든 끝은 새로운 시작을 위한 완벽한 설계입니다. 우리가 끝이라 믿었던 지점에서 식물은 가장 비옥한 거름을 만들고, 가장 단단한 씨앗을 빚어냅니다. 이 책에서 제가 전하고 싶었던 단 한 가지 진리는 이것입니다. 인생은 제자리로 돌아오는 원이 아니라, 매 순환마다 더 높은 의식으로 도약하는 '나선형 계단'이라는 사실입니다.

30년 동안 저는 식물의 이름을 외우고 분류하며 가꾸는 법을 공부하고 가르쳤습니다. 하지만 이제 정원사로서 다른 것을 생각하고 가르칩니다. '식물과 함께 사는 삶이 왜 행복인지', '나다운 계절을 살려면 어떻게 해야 하는지'입니다.

사회적 가면을 벗어던지고 온전한 '인생 정원사'가 된 당신의 손에, 이제 통찰이라는 호미와 지혜라는 씨앗이 쥐어져 있습니다. 책장을 덮는 순간, 당신의 정원에는 새로운 해가 뜰 것입니다. 누군가는 잊었던 꿈의 씨앗을 꺼낼 것이며, 또 누군가는 타인의 아픔을 어루만지는 넉넉한 거름이 되겠지요.

꽃담원의 문은 언제나 열려 있습니다. 당신의 계절이 힘들 때 또는 당신의 꽃이 눈부시게 피어났을 때 언제든 들러주십시오. 우리는 서로의 정원을 가꾸는 동료 정원사니까요. 당신의 남은 생애가, 숲 전체를 빛나게 하는 가장 찬란한 가을빛으로 물들기를 간절히 기도합니다.

자, 이제 당신의 정원에 첫 삽을 뜰 시간입니다.

은퇴한 식물학자가 정원에서 발견한
32가지 인생의 지혜

식물이 전하는 철학들

© 송정섭, 2026

1판 1쇄 2026년 4월 15일
1판 2쇄 2026년 5월 7일

지은이 송정섭
펴낸이 박지혜
디자인 김진희

펴낸곳 소용
등록번호 제2023-000121호

전화 070-4533-7043 **팩스** 0504-430-0692
이메일 soyongbook@naver.com
인스타그램 instagram.com/soyongbook
스마트스토어 smartstore.naver.com/soyongbooks

ISBN 979-11-94720-07-2 (03810)